U0152955

Il cavaliere inesistente

倪安宇 譯
伊塔羅·卡爾維諾

Italo
Calvino

不存在的騎士

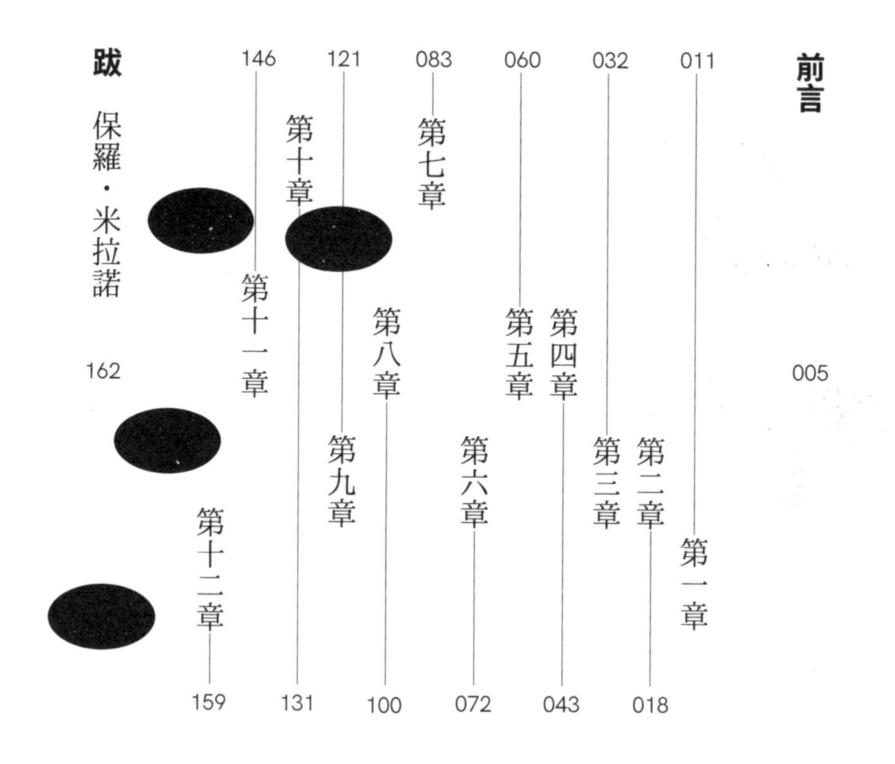

前言

《不存在的騎士》由都靈的艾伊瑙迪出版社於一九五九年十一月出版，卡爾維諾在此不久前出發前往美國，進行為期數個月的旅行。我們摘錄兩段作者文字作為此書前言：一是由卡爾維諾親筆撰寫的初版封底文案（未署名）；一是卡爾維諾在文學評論家瓦特·佩杜拉（Walter Pedullà）針對《不存在的騎士》發表評論後的回應，他投書左派社會主義路線的政治週刊《新世界》（*Mondo nuovo*），標題是〈卡爾維諾來信〉（Una lettera di Calvino，一九六〇年四月三日，頁四）。

《不存在的騎士》與《分成兩半的子爵》和《樹上的男爵》是以三個象徵性人物為主角的三部曲，可以說是為當代人撰寫的一本祖先系譜。這一次卡爾維諾後退數百年，訴說的是查理曼大帝麾下聖騎士的故事，只不過他小說裡的中世紀與騎士文學裡的歷史和地理沒有任何相似之處。

卡爾維諾的虛構風格其實是現代的。若不是因為在今天最抽象的大眾文化內核中，似乎功能、屬性和預設行為模式往往凌駕於人之上，不存在的騎士阿吉洛夫怎麼有可能被賦予生命？一個封閉在盔甲裡不見其人的戰士，跟我們眼前川流車陣中關在汽車裡不見其人的駕駛有何不同？唯有在探究意識尚未覺醒、與物質世界並無差別的人類文明的今日文學作品中，明明存在但不知道自己存在的侍從古杜魯才有可能出現吧？而這個故事所有配角中，頗具德國劇作家華格納荒誕風格的那些聖杯騎士是不是很貼近現實，且帶有今天流行的佛教「禪味」呢？

重要的是，閱讀《不存在的騎士》無須思考任何隱含寓意，只要跟著阿吉洛夫和古杜魯、高傲的女戰士布拉妲曼特和年輕的郎巴鐸、陰鬱的托里斯蒙多、慧黠的普里希拉和恬靜的索芙洛妮雅去冒險，體會箇中樂趣就好。當各種有趣新發現、戰役、決鬥和船難接續登場，讀者很快就能找到卡爾維諾一貫的積極樂觀、玩世不恭和隱晦的多愁善感，以及他對充沛生命力和「全人」的渴望。

幾個月前我開始在美國旅行，此刻返回紐約，始收到關於最新出版的《不存在的騎士》幾份評論剪報。小說問世時我人已經在美國，因此貴刊於一月三十一日刊登的瓦特·佩杜拉一文〈前共產黨員的那本小說〉（*Il romanzo di un ex comunista*），我遲至今日才看到。

評論者有權利以他的角度詮釋所有作品，但我也有義務向讀者說明，從政治隱喻角度切入的這個詮釋失之偏頗，佩杜拉對這本小說的解讀完全錯誤，且與我的本意和理念皆相左。

《不存在的騎士》從不同層面探討人之存在、存在與意識的關係、主體和客體的關係、自我實現的可能，以及與物交流的可能。這本小說也是哲學、人類學、社會學及歷史研究沿用至今的諸多詮釋與概念的一種抒情變形。我撰寫《不存在的騎士》同一時間所寫的〈客體性之海〉[1]一文發表在《樣版》[2]第二期，可以作為這本奇幻小說的理論對照。**怎麼會有「隱喻共產黨員」如此莫名說法？**

截至目前為止我看到的評論不多，但我發現還有其他評論竟然認為我筆下的阿吉洛夫是一名「黨務高層」！我想這類評論沒有任何論述依據，是不管看什麼都帶有政治色彩的一種危險執念。

《不存在的騎士》跟之前兩本小說，你們可以稱之為奇幻寓意小說，或抒情哲學小說，我無意做任何政治隱喻，只想探究並呈現今天身而為人所面臨的處境，人「異化」的方式，以及成為「全人」的所有可能途徑。

瓦特．佩杜拉寫道：「那些聖杯騎士是對共產黨員的荒誕隱喻」。佩杜拉的詮釋才荒誕，或應該說荒謬至極。在那個故事裡，在那個章節，怎麼可能有共產黨員出現？那個章節在為個人和外在世界的關係做各種舉證，我需要做的是為一個特殊關係，為一個與萬物相通的神祕關係舉證。我不應該解釋這麼多，我向來反對這樣做，但是這個章節就「意識形態」而言是我最重視的一章，佩杜拉卻只想到共產黨員和匈牙利革命。[3]這已經近乎偏執！

與他所言正好相反，聖杯騎士那一章我還提到意識覺醒的歷史例證：庫瓦爾迪亞的百姓意識到該為自己爭取自由的時刻來臨，這是全書唯一帶有「政治色彩」的地方，但是與其說那是隱喻，不如說是人民和階級明確認知到唯有透過戰鬥才能於「存在」上自我實現。

我之所以寫奇幻故事，是因為我喜歡故事裡充滿活力，積極行動，抱持樂觀態度，而這些是現實生活無法給予我的。如果有評論認為我「退步」，即便我不同意我也無法抗議，因為那是從歷史和文學角度做評斷，我的個人意見不重要。然而政治立場是客觀事實，因此我有權利反駁，並提醒讀者注意有失偏頗的詮釋。特別讓我感到困擾的是有人談及我（對共產主義）的「信仰」和「失去信仰」（轉而反共），這種「上帝失敗論」[4]的態度與我一直以來所寫、所做、所說及所想完全背道而馳。

譯注

1 （原注）〈客體性之海〉（*Il mare dell’oggettività*）一九五九年十月完稿，一九六〇年二月刊登於文學雜誌《樣版》（*Il menabò*）。後收錄《塵封：論文學與社會》（*Una pietra sopra. Discorsi di letteratura e società*），艾伊瑙迪出版社，一九八〇年，頁三九—四五；（新版）奧斯卡蒙達多利出版社（Oscar Mondadori），一九九三年，頁四八—五六。

2 《樣版》，由義大利文學家暨出版人艾利歐·維多里尼（Elio Vittorini）與卡爾維諾於一九五九年共同創辦的文學期刊，一九六七年休刊。

3 一九五六年十月二十三日，匈牙利群眾為抗議由蘇聯主導的高壓政治環境，走上首都布達佩斯街頭要求改革，警民發生衝突後情勢失控，蘇聯坦克於二十四日凌晨開進布達佩斯，進行武力鎮壓，舉世譁然。義大利共產黨對此始終保持緘默，原本就質疑蘇聯路線、力主黨內改革未果的卡爾維諾等多位左派文人在此事件之後陸續宣布退黨。

4　（原注）指一九四九年出版的 *The God That Failed* 一書，由三、四〇年代原本立場親共或是前共產黨員的紀德（André Gide）、費雪（Louis Fischer）、庫斯勒（Arthur Koestler）、席隆內（Ignazio Silone）、斯彭德（Stephen Spender）和理察．賴特（Richard Wright）六名知識分子敘述各自的政治歷程，並解釋他們對共產主義幻滅的理由，克羅斯曼（R.H.S. Crossman）編纂。義大利文版於一九五〇年由 Edizioni di Comunità 出版。

第一章

巴黎紅色城牆下是列陣以待的法蘭克軍隊。查理曼大帝要來檢閱聖騎士，他們已經在那裡等候三個多鐘頭。那是初夏午後，天氣炎熱，天色有些昏暗，多雲。盔甲內的溫度猶如鍋子放在文火上燒。很難說在那靜止不動的騎士行伍中有沒有人已經昏厥，或打起瞌睡，全靠甲冑撐住他們維持整齊劃一的抬頭挺胸姿勢坐在馬鞍上。突然間，號角吹響三次，騎士頭盔盔冠上的羽毛在凝滯空氣中輕顫，彷彿有微風吹過，而原本彷若從遠處傳來的海濤聲戛然而止，原來那是從戰士們金屬頸甲下傳出的低沉鼾聲。查理曼大帝終於出現在騎士行列那一頭，他的坐騎看起來比一般駿馬更高大，他的鬍子垂至胸口，雙手握在馬鞍頭上。時光荏苒，不適致力朝政就是四處征戰，不是四處征戰就是致力朝政的君王，似乎比這些騎士上次見到他的時候衰老了一些。

每到一個隊長前面，查理曼大帝便停馬俯視：「法蘭克聖騎士，報上名來。」

「陛下，吾乃布列塔尼的所羅門！」這人回答時聲音宏亮，他將面甲往上推，露出神情激動的臉，隨即補充了幾點有用的資訊：「我旗下有五千名騎士、三千五百名步兵、一千八百名民兵，我已征戰五年。」

「都是布列塔尼的好兒郎！」查理曼大帝說完，便踏著噠噠的馬蹄聲走向下一個隊長。

「法蘭克聖騎士，報上名來。」他再次開口說。

「陛下，吾乃維也納的烏里維利！」這人一掀開面甲，便應答如流。「我旗下有三千名精良騎兵、七千名士兵和二十架各式攻城重型武器。薩拉森異教徒斐郎巴拉斯是我手下敗將，感謝上帝恩典，願榮耀歸於法蘭克人之王查理曼！」

「幹得好，了不起的維也納兒郎。」查理曼大帝說完，隨即吩咐隨行官員：「這些馬有點瘦，加發草料。」然後他往前走。「法蘭克聖騎士，報上名來。」他重複同一句話，節奏始終不變，嗒嗒、嗒嗒嗒、嗒嗒、嗒嗒、嗒嗒嗒……

「陛下，吾乃蒙彼利埃的貝納鐸！我擊潰了布魯納蒙特和賈利菲諾。」

「蒙彼利埃很美！而且美女如雲！」查理曼大帝對隨行官員說。「你說我們是不是該給他升官啊。」一國之君不管說什麼都動聽，只不過這麼多年來，他說的話一成不變。

「這個紋章我認識，報上名來。」他看盾牌上的紋章就知道所有騎士的名字，他們根本無需說話，但是騎士主動報名露臉是慣例，否則若有比參加檢閱更重要的事，說不定有人會派手下穿上自己的甲冑充數。

「吾乃多爾多涅的阿拉德，家父是阿蒙內公爵……」

「虎父無犬子，爸爸都好吧。」查理曼大帝又開始嗒嗒、嗒嗒嗒、嗒嗒、嗒嗒、嗒嗒……

「吾乃蒙焦亞的瓜弗耶！我旗下有八千名騎士，死的不算！」

盔冠上的羽毛起伏搖曳。「吾乃丹麥的烏傑立！」「吾乃巴伐利亞的納摩！」「吾乃英格蘭的帕梅里諾！」

暮色茫茫，露出在面甲和頸甲間的那些臉孔已經看不清楚。不過大家對每句話、每個動作都了然於心，就像持續多年的那場戰爭，每一場衝突和決鬥無不按照相同規則進行，大家心知肚明第二天孰勝孰敗，誰是英雄誰是狗熊，誰會被開膛剖腹，誰會摔落馬背屁股著地逃過一劫。入夜後，鐵匠在火把照明下敲敲打打的永遠是胸甲上那幾處凹痕。

「你是何人？」查理曼大帝走到一個身穿全白盔甲的騎士面前。那盔甲只有一條黑色細線沿接縫處環繞一圈，除此之外一片雪白，乾乾淨淨，沒有一絲刮痕，關節開闔處做工細緻，盔冠上有不知名的東方品種雉雞羽毛裝飾，五彩斑斕。此人盾牌上的圖案是兩個寬大斗篷的衣角中間夾著一個盾形紋章，在這個紋章上有另外兩個斗篷衣角中間夾著一個略小的盾形紋章，在此小紋章上還有一個更小的紋章同樣出現在兩個斗篷衣角中間。逐層遞縮的相同圖案重複出現，最後一層究竟畫了什麼，小到看不清楚。「你的盔甲竟如此乾淨，報上名來。」戰事拖得越久，查理曼大帝就越少看到如此注重整潔的聖騎士。

「吾，」從緊閉的頭盔中傳出如金屬摩擦般的沙啞聲音，感覺發聲的不是喉嚨，而是倚靠整副甲冑振動發聲，帶有輕微的回音。「乃科本特拉茲和蘇拉的圭迪維尼及其他家族的阿吉洛夫．艾莫．貝特朗迪諾，瑟林匹亞．契特里歐雷與費茲騎士！」

「哦……」查理曼大帝噘起下唇，發出低微沉吟聲，貌似想說：「我真是倒楣，非得記住所有人的名字。」君王隨即皺起眉頭開口道：「為何不打開面甲露出你的臉？」

這名騎士沒有反應。他戴著密合護手甲的右手用力緊抓馬鞍頭，持盾的另一手似乎因為激動微微顫抖。

「聖騎士，你為何不答話！」查理曼大帝追問。「你竟不願向你的君王露出臉來？」頭盔內傳出清晰的聲音說：「因為我不存在，陛下。」

「胡言亂語！」查理曼大帝怒斥道。「我們軍隊裡居然有一名不存在的騎士！我倒要看看究竟怎麼回事。」

阿吉洛夫遲疑片刻後，伸手穩穩地將面甲緩緩掀開，頭盔裡面空無一物。有著五彩斑爛羽飾的那副白色盔甲中竟然沒有人。

「啊！真是罕見！」查理曼大帝說。「既然你不存在，如何為軍隊效力？」

「我的力量來自意志力，」阿吉洛夫回答道。「以及對我們神聖使命的信念！」

「很好，說得很好，這是負責任的態度。做為一個不存在的騎士，你很不錯！」

阿吉洛夫排在隊尾，查理曼大帝到此完成了他的檢閱儀式，便掉頭往皇家營帳方向走去。他年紀大了，不願多想複雜的問題。

號角聲響起宣布解散，隊伍如往常那樣散開，原本豎立成林的長矛歪斜傾倒，像風吹過田野麥浪起伏。騎士紛紛下馬，活動雙腿鬆鬆筋骨，侍從拉著韁繩牽走馬匹。聖騎士避開那陣騷動和塵土，頂著盔冠上色彩繽紛的羽飾三五成群，互開玩笑，互相推搡，八卦女人和軍功，以宣洩先前被迫好幾個鐘頭靜止不動的壓力。

阿吉洛夫走了幾步原想加入其中一群，又毫無來由地轉向另外一群，結果他並未加入任何一群人也沒有人理會他。他猶豫不決站在這群人或那群人背後，沒有參與對話，之後默默走開。天色昏暗，他盔冠上的彩色羽毛此刻看起來是難以分辨的單色，但是那一副雪白盔甲獨自佇立在草地上分外搶眼。阿吉洛夫倏忽間覺得自己彷彿全身赤裸，連忙雙臂交錯環抱住自己的肩膀。

之後他回過神來，大步走向馬廄。他發現馬匹並未如規定得到妥善照顧，高聲斥罵馬夫，懲罰小廝，檢查所有輪值的雜役工作，重新分配職務，跟每個人鉅細靡遺解釋應如何執行並讓對方複誦他說過的話以確認那人理解無誤。由於其他聖騎士同僚值勤時也時不時疏忽犯錯，他會趁晚上大家閒聊的時候把人一個個叫出來，委婉表達不滿，並明確說出對方缺失，然後逼這個去值班、催那個去站崗、叫另一個去巡邏。那些聖騎士雖然不得不承認他永遠是對的，但他們毫不掩飾心中不滿。來自科本特拉茲和蘇拉的圭迪維尼家族的阿吉洛夫・艾莫・貝特朗迪諾，瑟林匹亞・契特里歐雷與費茲騎士的確是軍人楷模，然而大家都討厭他。

第二章

入夜後，營地裡的軍隊跟星羅棋布的天空一樣井然有序：輪班守夜，軍官值勤，士兵巡邏。其他一切，如戰場上永無休止的混亂，白日熙來攘往中馬匹突然失控的突發事件，在此刻全都沒了動靜，因為睡意戰勝了基督教軍隊所有戰士和戰馬，排成一列站著睡覺的馬匹偶爾會跺跺腳，發出嘶鳴或咈哧的聲音，而那些終於卸下頭盔和鎧甲、重新成為獨一無二個體的人都已經鼾聲陣陣。

另一頭的異教徒軍隊也不例外，同樣有哨兵來回巡邏，班長看著沙漏中最後一粒沙落下便去喚醒交班的士兵，軍官趁守夜寫家書給妻子。基督教軍隊和異教徒軍隊的巡邏隊往前走半哩路，快到樹林前就朝相反方向各自折返，永遠不會遇到，返回營地報告一切如常後，便能就寢安歇。星星和月亮靜悄悄地在兩個敵對軍營上空運行。世界上睡得最沉的地方莫過於軍隊。

唯獨阿吉洛夫未能卸下重負。他身穿雪白盔甲、全副武裝坐在自己那個堪稱全基督教軍營中最整齊舒服的營帳裡，試著躺平，繼續思考。他腦中想的從來都不是臨睡前那些紛亂無用的雜念，而是明確清晰的論證邏輯。沒過多久他手肘一撐坐起來，覺得需要動手做點事，例如擦拭劍身，即便劍身已經光可鑑人，或給鎧甲關節處上油。這個狀態沒有持續太久，既然已經起床，他索性拿著長槍和盾牌走出營帳，只見一個白色身影在營地四處遊走，營帳內熟睡騎士沉重的呼吸聲此起彼落互相應和。閉上眼睛，失去知覺，陷入獨屬於自己的幾個小時的空白中，醒來後跟睡著前毫無差別，與人生重新連線究竟是怎麼回事，阿吉洛夫無從得知，他對那些具備入睡能力的存在個體很是羨慕，是一種難以言明的羨慕，彷彿某種虛無縹緲的東西。更讓他感到詫異和不安的是四處可見赤裸的腳伸出營帳外，腳趾朝天。睡夢中的營地是軀體的天下，那是亞當老朽肉身的延續，散發著酒氣和一日戰事完畢後的汗味。營帳入口外是散落一地的空盔甲，隨從和僕役一早會來擦拭打亮排列整齊。阿吉洛夫經過的時候很專注，神經緊繃，抬頭挺胸。擁有軀體的這些人類的軀體讓他覺得不大自在，那種感覺既像是羨慕，也像是因為驕傲，因為自視甚高而心有不甘。那些被人稱頌的同袍、查理曼大帝麾下的榮光聖騎士，究竟是什麼？是代表他們的軍階和姓名，見證他們的豐功偉業、權力和價值，此刻不過是一攤破銅爛鐵的盔甲，抑或是那些正在打鼾，臉埋在枕頭裡扭曲變形，張開的嘴角掛著一絲口涎的人。他兩者都不是，他不可能被拆解為零組件，也不可能被肢解，他日日夜夜無時無刻永遠都是科本特拉茲和蘇拉的圭迪維尼及其他家族的阿吉洛夫・艾莫・貝特朗迪諾，是瑟林匹亞・契特里歐雷與費茲騎士，如同這一天，他為基督教軍隊的榮耀而戰，完成了這些和那些行動，他為查理曼大帝的軍隊效力，擔任這支和那支軍伍的指揮官。他擁有全軍營最亮麗、最潔白，而且與他永不分離的盔甲。他比許多喜歡吹噓自己赫赫功績的軍官都優秀，不，應該說他就是最優秀的那個軍官。但是在夜色中漫步的他悶悶不樂。

他聽到一個聲音說：「報告長官，請問什麼時候我才能換班？我被丟在這裡三個小時了！」這名哨兵拄著長矛，一副腹痛如絞的模樣。

阿吉洛夫頭也不回答覆道：「你搞錯了，我不是輪值軍官。」說完便往前走。

「對不起，長官，我看你在這裡走來走去，才以為……」

再小的疏失都會讓阿吉洛夫陷入焦慮，企圖掌控一切，找出他人做事的瑕疵與錯誤，萬一真的發現失誤或脫序就更是難受……。但是巡視軍營在此刻並非他的職責，這個態度非但不合情理，甚至違反軍紀。於是阿吉洛夫努力自我克制，只關注第二天還是得由他處理的某些狀況，例如架上的長矛胡亂擺放，或如何讓牲口飼料保持乾燥……，他的白色身影總是出現在班長、值勤軍官和在地窖翻找前一晚剩下的半罈酒的巡邏隊員身旁……。每一次，阿吉洛夫都不免猶豫他應該如何是好，是現身讓對方臣服在他的權威之下，或是因為他出現在不該出現的地方，索性退後一步，保持低調，假裝自己不在。阿吉洛夫猶豫再三，陷入沉思，無法決定採取哪一種態度，他只覺得自己惹大家討厭，必須做點什麼跟他人建立某種關係比較好，例如大聲吼叫發號施令，斥罵班長，或像小酒館夥計那樣互相譏笑罵罵髒話。結果他低聲說了幾句旁人難以理解的問候語，用驕傲掩飾膽怯，或是將膽怯武裝成驕傲，邁步向前。他不確定是否有人回應，微微側身詢問「嗯？」，隨即告訴自己那些人不是對他說話，匆匆逃離現場。

他往僻靜的軍營外圍走去，爬上一座光禿禿的小山。靜謐的夜裡，只有蝙蝠小小的朦朧黑影展開無聲翅膀，在周圍漫無目的飛翔的微弱動靜。牠們介於老鼠和飛禽之間的瘦弱身軀至少是摸得著的實體，在空中拍打翅膀，張口吞食蚊子，而風、蚊子和月光卻可以隨意從阿吉洛夫那一身甲冑的任一縫隙穿堂而過。他憋在心中的無名火突然爆發，雙手拔劍出鞘，奮力揮向空中劈砍低飛的蝙蝠，但一無所獲。牠們繼續飛翔，沒有起點也沒有終點，幾乎不受空氣振動影響。阿吉洛夫一次又一次揮劍，不再是為了擊中蝙蝠，他劈砍的動作軌跡越來越規律，把長劍當成西洋劍展開練習，彷彿在為下一場戰事熱身，做出進攻、防守和佯攻的動作。

他突然停下動作，因為小山上有一名年輕人從矮樹叢中探出頭來看著他。那人隨身只配有一把長劍，上半身有輕簡胸甲。

「騎士大人！」年輕人驚嘆道。「我無意打斷您！您在為明天的戰役熱身嗎？拂曉時分就會開打，對嗎？我可以跟您一起練劍嗎？」他停頓一秒後接著說：「我昨天才來軍營報到……這是我第一次上戰場……全都跟我想得不一樣……」

阿吉洛夫側過身，緊握長劍在胸前，掩在盾牌後面的雙臂交叉，他說：「如果會發生武裝衝突，相關佈陣安排會由指揮官在展開行動前一個鐘頭傳令給所有軍官和士兵。」

年輕人像是衝刺到一半被攔下來，呆滯片刻後才不再結巴，延續先前的熱情往下說：「那個，我來……是為了替我父親報仇……。我希望前輩您能告訴我該怎麼做才能在戰場上找到哈里發伊索阿勒那個異教畜牲，對，我要找的就是他，我要用長矛捅穿他的胸口，因為他就是這樣殺死我英勇的父親，羅西尤內的葛拉多侯爵，願主保佑他！」

「孩子，很簡單，」阿吉洛夫的聲音中帶有某種熱切，是熟知規章和組織、樂於展現自己才能讓不知者感到窘迫的那種人說話時會有的熱切。「你可以向主理決鬥、復仇和榮譽受損的監管小組提出申請，他們會研究出最佳方案以滿足你的需求。」

年輕人原本預期阿吉洛夫聽到他父親的名字會肅然起敬，結果對方陰陽怪氣的語調和說話內容令他怏怏不樂。但他把這位騎士說的話再想一遍，決定置之不理，再次展現他的熱誠：「騎士大人，我關心的不是監管小組，您肯定理解我，我想知道的是，我在戰場上有勇氣，有足以開膛剖腹一百個異教徒的決心，還有我經過扎實訓練的精湛武藝，我要說的是，如果在混亂中，在我摸清楚頭緒之前，我……如果我找不到那個畜牲，如果他躲著我，我想知道您遇到這種情況會怎麼做，騎士大人，請告訴我，如果在戰場上遇到與您私人切身相關的問題，只跟您有關、無從迴避的問題……」

阿吉洛夫冷冰冰回答道：「我只遵從指令。你最好也這樣做，就不會犯錯。」

「抱歉，」年輕人呆立原地，彷彿凍僵了。「我不想打擾您，但是我想跟您過幾招演練一番，您可是查理曼大帝麾下的聖騎士！因為，您也知道，我雖然劍術不俗，但是有時候，一大清早的時候，肌肉反應比較遲鈍，還沒有暖身，表現便不如預期。您也會這樣嗎？」

「我不會。」阿吉洛夫說完轉身離去。

年輕人返回營地。黎明前夕天色昏暗，營帳間開始有人影走動。幕僚在起床號吹響前已經醒來，指揮官和軍官營帳的火把點燃，跟欲亮未亮的天空形成對比。即將開始的這一天，應該如前一晚傳言所說，要準備開戰吧？新來的年輕人情緒激動，但是跟他來時的激動心情並不相同。他原本急於踏上戰場，此刻卻感覺他接觸到的一切盡是虛空。

他看見那些聖騎士都已經穿上擦得雪亮的鎧甲，戴上插著羽毛的球形頭盔，面甲遮住了臉龐。年輕人回頭盯著他們，不自覺想要模仿他們走路的樣子，轉動上半身時胸甲、頭盔和肩甲渾然一體的高傲姿態。置身在戰無不勝的聖騎士之間的他準備好追隨他們，握緊武器，向他們看齊！但走在他前面的兩名聖騎士沒有上馬，反而在堆滿公文的桌子後面坐下，他們肯定是高階指揮官。年輕人連忙向前自我介紹：「我是羅西尤內的青年騎士郎巴鐸，父親是已故的葛拉多侯爵！我自願入伍是為了替我父親報仇，他在塞維亞城牆下英勇捐軀！」

兩名聖騎士抬起手將羽飾頭盔與護喉甲脫開後取下，放在桌上，露出兩顆黃毛稀疏的腦袋，鬆垮皮膚，兩個大眼袋，以及稀稀落落的鬍子，看起來不像武官，更像是舞文弄墨、文才拙劣的老官員。「羅西尤內，羅西尤內……」他們用手指沾了口水之後翻閱桌上卷宗。「既然我們昨天已經幫你登記入伍了，你還要什麼？你怎麼能脫隊行動呢？」

「哎，我也不知道，昨天晚上我睡不著，滿腦子想著打仗，我得替我父親報仇，我得殺了哈里發伊索阿勒，所以我要找……決鬥、復仇和榮譽受損監管小組，不知道在哪裡？」

「這傢伙才剛來，你聽他滿嘴胡謅什麼！你說什麼監管小組？」

「是一位騎士告訴我的，我忘記問他的名字，他穿一身雪白盔甲……」

「煩！又是他！他明明沒有鼻子，還到處嗅聞多管閒事！」

「什麼？他沒有鼻子？」

「反正到時候焦頭爛額的不會是他，」另一個坐在桌子後面的聖騎士接口道。「一天到晚找別人麻煩。」

「為什麼焦頭爛額的不會是他？」

「他連頭都沒有怎麼爛？那個傢伙根本不存在……」

「不存在？我親眼看見他的！明明就有這個人！」

「你看見什麼了？一堆廢鐵吧……那傢伙不存在，聽懂了嗎？菜鳥！」

青年郎巴鐸從未想過外表可以騙人。從他抵達軍營那一刻起，就發現一切都跟他以為的大相逕庭……。

「所以在查理曼大帝的軍隊中，即便你不存在，照樣可以成為有名有姓有頭銜、驍勇善戰又熱心公益的軍官！」

「等一下！我們剛才可沒說在查理曼大帝麾下你可以怎麼樣，只說在我們軍隊裡有一名這樣的騎士，其他的什麼都沒說。至於他存在或不存在，基本上我們不感興趣。明白嗎？」

郎巴鐸走向決鬥、復仇和榮譽受損監管小組所在的營帳，他再也不會被鎧甲和羽飾頭盔所惑，他知道坐在桌子後面躲在盔甲裡的都是瘦骨嶙峋、滿身塵土的糟老頭。值得慶幸的是至少盔甲裡面不是空的！

「你想要為令尊報仇，他是羅西尤內的葛拉多侯爵，官拜將軍！我看一下，要為將軍報仇，最佳方案是幹掉對方陣營三名少校。我們可以分配三個好對付的傢伙給你，讓你輕鬆完成任務。」

「你們沒搞懂我的意思，我要讓哈里發伊索阿勒償命。是他折辱了我英勇的父親！」

「好，好，我們懂，但你該不會以為幹掉一個哈里發是很容易的事吧……換成四名上尉如何？我們保證你可以在一個上午幹掉四名異教徒上尉。用四名上尉給一名將軍抵命差不多啦，令尊不過是一個旅的主將。」

「我要伊索阿勒，我要讓他肚破腸流！除了他，我誰都不要！」

「你再鬧就等著坐牢，休想上戰場！開口說話前先動動腦！不讓你去找伊索阿勒，肯定有我們的理由……。萬一我們的君王正在跟伊索阿勒進行什麼談判呢……」

其中一個始終埋首公文中的官員突然站起來，開心說道：「解決了！都解決了！你什麼都不需要做！不用浪費力氣報仇！烏里維利前幾天以為他兩個叔叔死在戰場上，所以為他們報了仇！沒想到那兩個人只是喝醉了倒在桌子下！我們發現多出這兩樁報仇殺人案件，正不知如何是好，現在搞定了，為叔叔報一次仇算做替父親報半次仇，所以兩次加起來剛好就等於替你父親報仇，而且已經執行完畢！」

「我要親手替我父親報仇！」郎巴鐸很焦慮。

「你怎麼如此不可理喻？」

起床號吹響。天光乍現，軍營裡士兵蜂擁而出，郎巴鐸原本應該加入他們逐漸排列成形的小隊行伍之中，但是他覺得那些金屬碰撞聲聽起來彷彿昆蟲鞘翅振動，或乾燥皮革摩擦。許多戰士都戴上頭盔，鎧甲覆蓋至腰部，甲裙下方是馬褲和長襪，上馬後還要再穿腿甲、脛甲和護膝甲。金屬甲胄下的雙腿看起來格外細瘦，像蟋蟀腿，他們一邊講話一邊移動，圓滾滾的頭盔沒有眼睛，雙臂因為臂甲和護手甲的緣故無法合攏只能維持彎曲姿態，也讓人聯想到蟋蟀或螞蟻，因此他們忙碌的樣子就像是昆蟲毫無頭緒四處亂竄。郎巴鐸的目光在他們之間搜尋，希望能再見到穿著雪白盔甲的阿吉洛夫，或許是因為阿吉洛夫的身影能讓這個軍隊感覺更真實，也或許是因為他認為自己遇到最實質的存在正是這位並不存在的騎士。

郎巴鐸發現阿吉洛夫坐在一棵松樹下，用掉落地面的小松果排列一個規則圖形：

等邊三角形。每天黎明時分，阿吉洛夫都需要做精準度練習，例如計算物體數量，將物體排成幾何圖案，演算算術問題。每天這個時分，萬物漸漸失去夜色籠罩所賦予的一致性，各自重新有了顏色，進入剛剛被光照拂過或受光暈染的游移地帶。每天這個時刻，最讓人懷疑世界是否真的存在。他，阿吉洛夫，需要持續感覺萬物近在眼前，猶如一堵高牆與他的意志張力做對抗，唯有如此他才能確保自我意識清醒。如果周圍的世界縹緲朦朧，曖昧不明，那麼他會覺得自己陷入軟綿綿的半明半暗中，無法讓清晰思維從虛空中浮現，或當機立斷。黎明時分總讓他覺得不舒服，神智混沌，有時候得靠外力才讓他不至於解體消散。於是他開始數數，數樹葉、石頭、長矛或松果，看到什麼就數什麼。或把這些東西排成一行，排成矩形或疊成金字塔狀。投入在這些需要精準執行的工作中能讓他減緩不適，化解不悅和不安，重振精神，恢復一貫的警醒和得體。

郎巴鐸看到他的時候，他正在專注並快速地用松果排出一個三角形，再以三個邊為底各排出一個方形，然後埋頭計算直角邊兩個方形的松果數量和斜邊那個方形的松果數量的多寡差異。郎巴鐸知道軍營裡的一切皆是行禮如儀、照本宣科，在這個表象下面，到底有什麼呢？他感到難以形容的驚慌失措，知道自己不符合這個遊戲規則……。可是他想為父親的死報仇，渴望上戰場廝殺，成為查理曼大帝麾下的戰士，不也是為了避免陷入虛空的一種儀式，跟阿吉洛夫騎士撿拾松果排列圖形並無不同嗎？這些意料之外的問題讓年輕的郎巴鐸越想越困惑，索性一屁股坐在地上放聲大哭。

他感覺有個東西落在他頭上，那是一隻手，鐵製的手，但是很輕。阿吉洛夫單膝跪在他身旁：「孩子，你怎麼了？你為何哭泣？」

他人的迷惘、絕望和憤怒狀態都能讓阿吉洛夫立刻冷靜下來，而且充滿安全感。因為當他察覺自己不像那些人會受到情緒波動和焦慮的影響時，便會生出一種優越感，並傾向採取保護的態度。

「不好意思，」郎巴鐸說。「我可能太累了，整晚沒有闔眼，現在心裡覺得很亂。我其實很想打個盹……但是天已經亮了。您也整晚沒睡，難道不會累？」

「我萬一打瞌睡，即便只有一秒，也會覺得心慌意亂。」阿吉洛夫輕聲回答道。「或者應該說，我擔心再也感覺不到自己，會永遠失去自己。所以我不分晝夜，無時無刻都保持清醒。」

「那感覺肯定很可怕……」

「不可怕。」阿吉洛夫恢復斬釘截鐵的語氣。

「你從來不脫盔甲嗎？」

阿吉洛夫又壓低了聲音。「我並沒有穿在身上，所以脫或穿對我而言沒有差別。」

郎巴鐸抬頭從阿吉洛夫面甲的縫隙看進去，彷彿想要在黑暗中尋找他閃爍的目光。

「那是什麼感覺？」

「還能是什麼感覺？」

雪白鎧甲的鐵製手掌依然放在郎巴鐸的頭上。年輕人感覺那隻手輕觸他的頭頂，姑且不論是否成功安撫他或使他更加煩躁，並沒有傳遞出人體靠近時應有的溫度，反而讓他多了某種緊繃的執拗情緒。

第三章

查理曼大帝騎馬率領法蘭西軍隊前進。他們要轉往另一地駐防，不趕時間，行進速度不快。聖騎士成群簇擁在君王身旁，利用馬轡控制躁進的坐騎，小跑步時他們手中的銀色盾牌互相推擠，高高低低彷彿魚鰓開闔。行進間的軍隊就像是鱗片閃閃爍爍的長條形鰻魚。

農民、牧人和村民聚集在道路兩旁。「那個是國王，是查理曼大帝啊！」大家跪拜行禮主要是認出了君王的大鬍子，而不是他的冠冕。隨後他們紛紛起身開始指認他身邊的騎士：「那個是奧蘭多！不對，他是烏里維利！」其實他們一個都沒猜對，但是無妨，因為不管這個或那個騎士都在隊伍裡，所以他們說看見了誰都可以。

阿吉洛夫也在其中，他偶爾會疾馳衝到前頭去，再停下來等其他人趕上，或轉身到後頭去確認士兵有沒有脫隊，或抬頭看著太陽，似乎想藉由太陽跟地平線之間的距離推估當下時間。他很不耐煩。只有他，走在隊伍中，心裡想著行軍順序、中途休息站，以及必須在入夜前趕到的地點。對其他聖騎士而言，移防的行軍速度快或慢，都不影響移防，所以他們藉口君王年邁體衰，每遇到一間酒館就想停下來喝幾杯。他們沿途只看得見酒館招牌和女僕扭腰擺臀（粗鄙之事就不多說了），其他時間彷彿閉著眼睛，對什麼都視而不見。

查理曼大帝依然對周遭各種事物十分好奇。他驚呼道：「啊，鴨子，是鴨子！」路旁草地上有一群鴨子散步，中間夾雜著一個男人，無人理解他在做什麼：此人雙手背在後面，蹲在地上，抬起如蹼足一般扁平的腳丫走路，還伸著脖子發出「呱……呱……呱……」的叫聲。其他鴨子不理他，彷彿他原本就是鴨子的成員之一。老實說，乍看之下那個男人跟鴨子並無二致，因為他身上披著一塊土色的布（應該是用幾個麻布袋拼湊而成），還有幾片灰綠色塊代表翎毛，其他不同顏色的補丁、碎布和汙漬則是鴨子身上的彩色條紋。

「喂，你向君王行的這是什麼跪拜禮？」熱愛找碴的聖騎士怒斥道。

那個男人沒有回頭，但是鴨子被說話的聲音嚇到，全都拍翅飛走了。男人慢了半拍才抬頭，看著鴨子騰空飛起，他也張開雙臂，開始蹦蹦跳跳，懸著一條條破布流蘇的雙臂做出拍打翅膀的樣子，一邊跳一邊開心叫嚷著「呱！呱！」，試圖跟上那群鴨子。

附近有一個池塘，鴨子飛過去，輕盈地降落停在水面上，收起翅膀游起水來。那個男人到了池塘邊，撲通一聲縱身跳進水中，激起大量水花，手忙腳亂掙扎一番，不忘「呱！呱！」兩聲，便咕嚕咕嚕沉下去，隨後浮起來划幾下水，又再度沉入池塘中。

「那個傢伙是養鴨人嗎？」士兵們詢問手持一桿蘆葦走來的農家少女。

「他不是，我才是，鴨子是我的，跟他無關，他叫古杜魯……」農家少女回答道。

「那他為何混在你的鴨子之中？」

「沒什麼，他偶爾會像這樣發神經，看到鴨子就昏頭，以為自己也是……」

「以為自己也是鴨子？」

「以為自己也是鴨子……你們不知道古杜魯，他就是少根筋……」

「他跑到哪裡去了？」

聖騎士們走到池塘邊，沒看見古杜魯的身影，鴨子已經划過鏡子般的水面，重新搖搖擺擺走在草地上。池塘周圍水草叢裡傳出蛙鳴，那個男人突然從水中冒出頭來，彷彿在那一刻他才想起來自己得呼吸。他茫然環顧四周，似乎不理解距離自己鼻頭僅一指遠、在水中形成倒影的那圈水草是什麼東西。每片葉子上都坐著一個綠色的、滑溜溜的小東西看著他，用盡全身力氣叫嚷「嘓！嘓！嘓！」。

「嘓！嘓！嘓！」古杜魯開心回應，聽到他的聲音，葉子上的青蛙全都跳進池塘裡，再從池塘裡跳上岸。古杜魯放聲大喊「嘓！」，也跟著從池塘裡跳上岸，濕透的他從頭到腳泥濘不堪，跟青蛙一樣蹲坐在地，再次使勁喊出一聲「嘓！」，因為太用力，壓倒一片蘆葦和水草的他重新跌落池塘裡。

「他不會溺水嗎？」聖騎士詢問一名漁夫。

「有時候歐莫泊會失憶，會迷路……但不會溺水……。比較麻煩的是他跟魚一起卡在魚網裡的時候……。有一天他決定捕魚……撒了網，看見一條魚準備游進去，他突然覺得自己也是一條魚，就跳進水裡跟著游進網裡……你們不知道歐莫泊，他就是那樣……」

「歐莫泊？他不是叫古杜魯嗎？」

「我們都叫他歐莫泊。」

「可是那個小女孩……」

「哦，她不是我們村裡的人，可能她村子裡的人是那樣叫他吧。」

「歐莫泊是哪裡人？」

「不知道，他居無定所……」

軍隊行進中途經一處梨子果園。果子已經成熟，騎士們用長矛刺穿梨子後，塞進頭盔裡消失不見，之後吐出果核。在一株株梨樹間，他們看到了誰呢？古杜魯—歐莫泊。他高舉著如枝椏般交錯的雙臂，在他的手中、口中、頭上和衣服破洞中都有梨子。

「你們看，他變成梨樹了！」查理曼大帝樂不可支。

「我來搖一搖這棵梨樹！」奧蘭多上前去給了他一拳。

古杜魯任憑所有梨子掉落，從草坡往下滾，他看到之後忍不住跟著梨子在草地上滾，消失在所有人的視線外。

「請陛下寬恕他！」一名年邁果農說。「馬汀祖有時候搞不清楚他不是植物，也不是無生命的果樹，而是永遠效忠陛下您的臣民！」

「他到底怎麼回事？你說這個瘋子叫馬汀祖？」查理曼大帝殷殷垂詢。「我覺得他不知道自己在想什麼！」

「我們也未必知道自己在想什麼啊，陛下。」老果農有著看盡人生百態之人慣有的淡然處世智慧。「他未必是瘋子，只是他明明存在卻不知道自己存在。」

「太妙了！這傢伙存在卻不知道自己存在，而我有一名聖騎士知道自己存在但實際上並不存在。我說啊，他們兩個真是絕配！」

長時間騎馬的查理曼大帝累了。大鬍子的他喘息抱怨道：「法蘭西好窮啊！」靠馬伕攙扶下了馬。他剛站穩腳步，軍隊彷彿接收到指令，隨即停止行進開始紮營，生火炊飯。

「把那個叫古爾古……的傢伙給我帶來。他到底叫什麼名字？」查理曼大帝說。

「要看他人在哪裡，」有大智慧的老果農說。「還要看他遇到的是基督教或異教徒軍隊。他可以是古杜魯或古蒂烏蘇夫、本瓦烏蘇夫或本斯坦卜、佩斯坦祖或馬汀祖或馬汀朋、歐莫泊或歐莫貝斯提亞，也可以叫他山谷裡的醜八怪，或強．帕奇亞索，或皮耶．帕奇烏戈。說不定在某個人煙罕至的小村落，他還有另外一個截然不同的名字。而且我發現他的名字會隨季節變化而有所不同。也就是說，所有這些名字都是流動的，永遠不會附著在他身上。反正對他而言，不管大家叫他什麼都沒有差別，你若叫他的名字，他會以為你在叫一頭羊；你若叫他『乳酪』或『溪流』，他反而會應答『我在這裡』。」

聖騎士桑索內托和杜多尼把古杜魯當麻布袋一樣拖來，推到查理曼大帝面前站好。

「抬起你的頭，混蛋！注意面見君王的禮儀！」

古杜魯聽到後眼睛一亮。他的臉龐很寬，臉色紅潤，五官兼具法蘭克人和摩爾人的特色。古銅色皮膚上有點點紅棕色雀斑，水汪汪的天藍色眼睛滿是血絲，鼻子扁塌，嘴寬且多肉。一頭金色捲髮，粗硬的鬍子已經花白，頭髮裡夾雜著栗子刺殼和燕麥麥穗。

他恭敬地跪伏在地，開始連珠炮似地說個不停。那些尊貴的老爺們，之前只聽過他發出模仿動物的單音，頓時嚇了一跳。他說得又急又快，口齒不清，語無倫次，有時候在基督教和異教徒軍隊使用的不同方言或不同語言間轉換，毫無停頓。他說了一大堆顛三倒四又很難懂的話，大概意思是：「我用鼻子觸碰大地，摔倒在您膝下，我是卑微的陛下您尊貴的僕人，你發號施令我必遵守！」他揮舞著原本綁在腰帶上的湯匙說道：「……只要陛下您說『我下令我指揮我得到』，只要您拿著權杖這樣一揮，就像我現在這樣，看到了嗎？然後照著我這樣大聲說『我下令我指揮我得到！』，你們這些狗奴才全部都得聽令於我，否則我用棍刑處死你們，就從這個大鬍子的老糊塗開始！」

「陛下，我把他的頭砍下來吧？」奧蘭多已經拔劍出鞘。

「陛下，懇求您寬恕他。」老果農說。「他常犯這樣的錯，跟國王您說著說著腦袋就迷糊了，搞不清楚究竟國王是他，還是跟他說話的人。」

冒著煙的熱鍋裡傳出陣陣香氣。

「給他一碗湯！」寬厚的查理曼大帝說。

古杜魯又擠眉弄眼、又鞠躬哈腰，說了一堆沒人聽得懂的話後，坐到樹下去喝湯。

「他現在又在搞什麼鬼？」

他在研究如何把頭塞進放在地上的碗裡，彷彿想要鑽到裡面去。好心腸的老果農走去拍拍他的肩膀：「馬汀祖，你搞清楚，是你要喝湯，不是湯要喝你！你想起來沒有？你得用湯匙舀湯送進嘴裡……」

古杜魯開始迫不及待把湯匙往嘴裡送，動作太過急切魯莽，有時候會瞄不準。古杜魯倚坐的那棵樹在與他腦袋同高的位置有一個樹洞，於是他把湯一勺一勺全都送進了樹洞裡。

「那不是你的嘴巴，是樹的嘴巴！」

阿吉洛夫從一開始就盯著這個大塊頭的一舉一動，心煩意亂，覺得他的一切作為就像是在真實存在物中打滾且樂此不疲，猶如為了解決搔癢問題的小馬駒。阿吉洛夫看得頭暈目眩。

「阿吉洛夫騎士！」查理曼大帝召喚他。「你知道我打算怎麼做嗎？我把這個人指派給你當隨從！怎麼樣？這個想法不錯吧？」

其他聖騎士冷眼旁觀，嗤之以鼻，但是阿吉洛夫信以為真（他向來如此，更何況那是君王的命令！），便開口向自己新收的隨從交代任務。然而古杜魯狼吞虎嚥喝完湯後，已經在樹蔭下睡著了。他躺在草地上，嘴巴大開打著鼾，胸口、肚子和小腹高低起伏有如工人打鐵時的風箱。油膩膩的湯碗滾到他沒穿鞋襪的大腳丫旁，草地上出現一隻非洲冕豪豬，可能受香味吸引，走去舔食湯碗裡剩下的湯汁。牠的鬃刺正好抵著古杜魯的腳底板，為了吃到碗中少許殘羹牠不斷往前進，鬃刺就越用力往古杜魯的腳底板扎。古杜魯終於睜開眼睛，環顧四周，不明白把他弄醒的刺痛感從何而來，直到他看向自己的腳，堪比長在草地上的一株仙人掌，旁邊是一隻豪豬。

「腳啊，」古杜魯開口說話。「腳啊，喂，我在跟你說話！你為什麼跟笨蛋一樣杵在那裡不動？你沒看到那傢伙在扎你嗎？喂，腳！喂，笨蛋！你怎麼還在那裡發呆？你難道不覺得痛嗎？你這隻腳真是笨透了！只要稍微移過去一點，只要一點點就夠了！怎麼會這麼笨啊！腳啊！你到底有沒有在聽。你看你簡直不戰而降嘛！快移開啊，白癡！你要我跟你說什麼好？你專心一點，看我怎麼做，我現在示範給你看……」他邊說邊曲膝把腳收回來，遠離豪豬。「看到沒有，很簡單，我剛才示範給你看該怎麼做，你也已經照做了。腳啊你真笨，為什麼要待在原地被鬃刺扎呢？」

他揉了揉被刺痛的腳底板，一躍而起，吹著口哨，邁開步伐，衝進灌木叢裡，放完一個屁，再放一個，然後消失無蹤。

阿吉洛夫本想尋找古杜魯的下落，他到底去了哪裡呢？山谷裡一畦畦茂密的燕麥田、一片片草莓園和女貞灌木叢，一陣微風吹拂，帶來花粉和蝴蝶，天空中幾縷白雲飄過。古杜魯消失在其中，消失在隨太陽移動而光與影忽現忽滅的這個草坡上。他可能在這一面或那一面山坡的任何一個地方。

不知從何處傳來五音不全的歌聲：「從巴雍大橋上……」

阿吉洛夫這副高大的雪白盔甲矗立在山谷高處，雙臂環抱在胸前。

「你新收的隨從什麼時候開始幹活啊？」他的同袍幸災樂禍。

阿吉洛夫以不帶任何情緒的平淡語氣篤定說道：「君王口諭立即生效。」

「從巴雍大橋上……」只聽那個歌聲越來越遠。

第四章

這個故事發生的年代，世界萬物仍在混沌狀態。名稱、思維、形式和制度與今日不盡相符的所在多有。那樣一個世界裡充斥著沒有名字又難以區分的人、事與物。在那個年代，關於自身存在、留下印記、對抗所有既存一切的意志和堅持未能貫徹到底，或許有許多人是因為貧窮或無知所以沒有作為，也或許是因為沒有作為日子照樣過得下去，以至於一定程度的意志和堅持消散於無形。然而也有可能日益稀薄的意志和自我意識在某個時間點開始凝聚、集結，就像原本肉眼看不見的水分子凝聚成一個個雲團，因巧合或因本能，有了當時常常付之闕如的名和姓，在軍隊裡有了軍銜，有了必須執行的職務和規定，最重要的是，有了一副空盔甲。若是沒有那副盔甲，即便是一個存在的人時間久了都有可能自身不保，更何況是一個並不存在的人……。圭迪維尼家族的阿吉洛夫就是這樣出現，開始為自己爭取榮譽的。

說故事的我，是聖高隆邦修會的泰歐德拉修女。我在修道院寫下的這個故事，取材自早年文獻、接待室裡聽到的閒談和當時親眼目睹的少數人證。我們修女鮮有機會與士兵交談，所以我不知道的就只能靠想像，不然我能怎麼辦呢？我並不清楚整個故事的來龍去脈，還請各位見諒。住在鄉間的我們即便出身貴族家庭，但無論是先前生活在遺世獨立的城堡，或後來進入修道院，都始終與世隔絕。除了宗教儀式、三日慶典、九日敬禮、農耕、打穀、釀酒、鞭笞女傭、亂倫、絞刑、軍隊入侵、燒殺擄掠、強暴和瘟疫外，我們沒見過什麼世面。一個倒楣修女哪裡懂得這個世界是怎麼回事？總之，我努力把當初為了贖罪而開始的這個故事繼續寫下去。天知道我該如何描述戰事，蒙主保佑，戰火始終離我十分遙遠，只有我家城堡所在的平原上，在我小時候發生過四、五次軍事衝突，我們幾個小女孩躲在城垛後面和一鍋鍋滾燙的瀝青之間遠遠眺望（隔年夏天大家在同一個地方玩耍，在成群胡蜂飛舞下發現好多屍體無人掩埋，棄置在草原上任憑腐爛），所以我才說，我對打仗一無所知。

郎巴鐸對此同樣毫無概念，雖然年輕的他滿腦子只有打仗，但那次是他的戰火初體驗。他在隊伍中，騎在馬背上，等待衝鋒號令，絲毫不覺得躍躍欲試。他身上披掛太多東西：範圍擴及頸肩的鎖子甲，胸甲搭配了喉甲和肩甲，厚重的腹甲，幾乎遮擋所有視線的鳥喙型頭盔，鎧甲外套了一件長袍，盾牌比他的身量還長，他每次揮動長矛都會打到同袍的腦袋。他胯下的坐騎也被鐵製鞍褥遮得十分嚴實，完全看不出模樣。

讓哈里發伊索阿勒血債血償以報殺父之仇的衝動幾乎已經消散。他們看著標注所有重要資訊的文件對他說：「號角一響，你直線往前衝，握著長矛指向正前方，就一定會刺穿他。伊索阿勒固定在那個位置應戰。只要你沒有跑歪，肯定能遇到他，除非敵軍整個潰散不成形，不過第一次交鋒通常不會出現這種問題。當然啦，出點小差錯總是再所難免，那麼刺穿他的人不是你，也會是跑在你旁邊的同袍。」對郎巴鐸來說，如果事情是這樣，也就無需再掛念。

開戰的信號是咳嗽。他看到滾滾黃沙逐漸逼近，還看到地面揚起另一波沙塵，因為基督教軍團也策馬奔馳往前衝。郎巴鐸開始咳嗽，悶在盔甲裡的皇家軍團全都在咳嗽，大家一邊咳嗽一邊快馬加鞭衝向異教徒那團沙塵中，只聽敵軍的咳嗽聲越來越近。兩股沙塵合而為一，咳嗽聲和長矛碰撞聲響徹整個平原。

第一次交戰要學會的不是把對方刺穿（敵人的盾牌很可能會讓你的長矛斷裂，你則會因為慣性飛出去撲倒在地），而是如何將長矛刺入敵人的臀部和馬鞍之間，讓他咻一下跳躍旋轉跌落馬背。你可能會失敗，因為長矛朝下很容易卡到障礙物，或扎進土裡變成竿子，像弩砲一樣將你彈射出去，因此前線多的是抓著長矛被彈飛的戰士。要想往兩側移動也很難，因為長矛不易施展，稍有不慎就會刺進同袍或敵人的胸腹，頓時陷入糾纏不清難分難解的狀態。那些縱馬馳騁、拔劍出鞘、善於在混亂中劈砍殺出血路的勇士才能倖免於難。

等到與敵軍的勇士面對面，刀刃相向，始能展開決鬥。問題是戰場上屍橫遍野，大家寸步難行，有些地方只能遙遙相望，隔空叫罵。叫罵的致勝關鍵在於侮辱的程度和強度，可分為不死不休、血肉橫飛、中度或輕度的冒犯，後續或產生不同的賠償條件，或產生歷經不同世代仍無法平息的仇恨。所以相互了解很重要，但是摩爾人和基督徒要做到這點不容易，更何況兩方陣營內原本就有多種語言。當你聽到無法理解的叫罵時，你會怎麼做？你只能吞忍，說不定終生覺得抑鬱受辱。所以在這個階段的作戰需要口譯加入，那是一支輕裝上陣、行動敏捷的部隊，騎著小馬在周圍伺機而動，一旦發現有人叫罵，就立刻翻譯成叫罵目標對象的語言。

「克哈爾・阿斯—素斯！」

「蛆糞！」

「木施里克！索佐！摩佐！艾斯卡瓦歐！麻拉諾！狗娘養的！紮巴幹！屎蛋！」

雙方陣營都有默契，不能殺害這些口譯兵。其實在混戰中想要拿下重裝上陣騎在同樣全副武裝幾乎難以移動的高大駿馬上的戰士性命都不容易，遑論那些蹦蹦跳跳、來去無蹤的口譯兵。不過話說回來，戰爭畢竟是戰爭，難免有人丟掉小命。但是他們知道「狗娘養的」兩三種語言的說法，在降低風險上還是有些優勢。在戰場上，能夠洞察先機總是會有所收穫，特別是趕在步兵蜂擁而至之前搶先抵達可以順手牽羊的地方。

說到順手牽羊，步兵身材矮小比較佔便宜，不過那些高坐在駿馬背上的騎士只要用刀背一划嚇阻他們，就能將一切占為己有。順手牽羊指的不是搜刮死人身上的財物，洗劫死人需要具備獨到的專注力，這裡指的是散落一地的那些東西。由於大家習慣把所有家當都帶上戰場，只要一交鋒就會有各式各樣的物品掉落一地。誰還有心思作戰呢？為了撿東西大家打成一團，天黑後回到軍營便開始以物易物或擺攤叫賣。同一件東西從這個軍營轉手到另一個軍營，從同一個軍營的這個軍團轉手到另一個軍團。戰爭無非就是破損越來越嚴重的這些物品幾度轉手的過程。

郎巴鐸親身經歷的和大家之前告訴他的完全不一樣。因為兩軍交會而提心吊膽憂心忡忡的他往前衝。未料兩軍雖然交會，但一切彷彿經過縝密計算，每一個騎士都恰好從兩名敵軍中間的空隙穿行無阻，互相錯身而過。雙方軍隊各自衝刺，直到背對著背之後，才調轉回頭，準備正式交鋒，然而原先的激昂氣勢已經潰散。誰能在那茫茫人海中找到哈里發呢？郎巴鐸跟一名如鱈魚乾般硬邦邦難啃的敵軍用盾牌互撞，看起來兩人都無意讓路給對方，他們持續用盾牌互相推擠，坐騎的馬蹄用力跺地。

那名臉色蒼白如石膏的薩拉森士兵說了幾句話。

「口譯兵！」郎巴鐸大喊。「他說了什麼？」

閒著沒事幹的其中一個口譯兵小跑步上前。「他叫你讓他過。」

「不讓，除非我死！」

口譯兵翻譯後，對方回應。

「他說他奉令必須往前進，否則這場戰役無法照計畫進行……」

「他告訴我哈里發伊索阿勒在哪裡，我才讓他走！」

士兵指著一座小山丘，高聲大喊。口譯說：「在左邊那座山頭上。」郎巴鐸轉頭策馬而去。

哈里發身披綠色斗篷，眺望著地平線。

「口譯兵！」

「我在這裡。」

「告訴他，羅西尤內的葛拉多侯爵是我父親，我來替他報仇。」

口譯兵翻譯後，哈里發做出五指並攏的手勢表示疑惑。

「他是誰？」

「你不知道我父親是誰？這是你最後一次羞辱他！」郎巴鐸拔劍出鞘，哈里發跟進。這位哈里發是劍術高手，之前那個臉色蒼白的士兵氣喘吁吁趕來，大聲叫嚷打斷他們決鬥的時候，郎巴鐸已經明顯居於下風。

口譯兵急忙翻譯：「兩位請住手！請原諒我，我搞錯了。哈里發伊索阿勒在右邊那座山頭上！這一位是哈里發阿勃杜！」

「謝謝！你是真君子！」郎巴鐸舉劍向哈里發阿勃杜致意，便調轉馬頭奔向另一座山丘。

在得知郎巴鐸是葛拉多侯爵之子後，哈里發伊索阿勒說：「什麼？」其他人只好在他耳邊大聲複誦多次。

伊索阿勒終於點點頭，舉起劍。郎巴鐸衝上前，可是當兩人刀刃交錯，他忍不住懷疑眼前這個人是不是伊索阿勒，激動情緒逐漸褪去。他全心全意想要擊倒對方，可是越纏鬥，他就越懷疑對方的身分。

猶豫不決成為他的致命傷。伊索阿勒攻勢凌厲逼得他節節敗退，就在此時他們身邊爆發了一場混戰。其中一名薩拉森軍官打到一半突然對著他們高聲喊叫。

郎巴鐸的對手聽到後舉高盾牌，似乎希望暫停，同時開口回覆那名軍官。

「他說什麼？」郎巴鐸問口譯兵。

「他說：是，哈里發伊索阿勒，我立刻將你的眼鏡送過去！」

「所以他不是伊索阿勒？」

郎巴鐸的對手回答道：「我是哈里發伊索阿勒的眼鏡保管兵。眼鏡這個東西，你們基督徒還不知道是什麼，是某種可以矯正視力的鏡片。伊索阿勒是近視眼，打仗時得戴眼鏡上戰場，然而鏡片是玻璃做的，每次打仗都會碎裂，我的責任是讓他能夠及時拿到新的鏡片。所以我跟你的決鬥得先中斷，否則哈里發伊索阿勒看不清楚，會吃大虧。」

「你居然是眼鏡保管兵！」郎巴鐸大聲咆哮，不知道暴怒的自己應該把對方開膛破肚，還是該衝去找真正的伊索阿勒算帳。可是跟一個視茫茫的敵人對打算什麼英雄好漢？

「請讓我送眼鏡過去，大人，」眼鏡保管兵接著說。「因為根據作戰計畫，伊索阿勒的健康必須維持良好狀態，他如果看不見就輸定了！」他揮舞著眼鏡高聲對著那位軍官說：「在這裡，哈里發，我現在就送眼鏡過去！」

「不行！」郎巴鐸出劍劈向眼鏡，鏡片應聲碎裂。

鏡片碎裂的聲音彷彿是對伊索阿勒的悲慘下場做出預告，因為與此同時，基督軍隊的一支長矛刺進了他的身軀。

「如今他的眼睛，」眼鏡保管兵說。「不需要眼鏡就能看見天堂裡的仙女了。」說完隨即策馬離開。

哈里發伊索阿勒的屍體從馬背上跌落，但是腳卡在馬鐙處，被馬拖到郎巴鐸腳邊。

看著斷氣的伊索阿勒倒在地上，郎巴鐸內心激動，同時五味雜陳，既覺得自己終於為父親報仇雪恥得意洋洋，又懷疑伊索阿勒是否因為眼鏡被他打破才送命因此血債血還更像是附帶結果，以及發現讓自己上戰場的目標不復存在而感到茫然。不過所有這些念頭一閃而過，接著郎巴鐸覺得無比輕鬆，在戰場上不再被報仇的執念折磨，可以奔跑，可以環顧四周，可以放手廝殺，彷彿腳上生出了翅膀。

在此之前他一心只想著殺死哈里發，從未分神關注戰鬥的規矩，更不會想到有規矩這回事，他只覺得一切都很新鮮，直到此刻才開始覺得亢奮又心慌。這片土地瀰漫死亡氣息，穿著盔甲的死者倒臥在地，因為腿甲、肘甲或其他部位護身鐵甲的交錯堆疊，導致手臂或雙腿朝天豎立，擺出各種不協調的姿勢。有些厚重鎧甲在某個位置裂開，有東西從裂縫處漫溢開來，彷彿盔甲裡面裝的不是完整軀體而是隨隨便便塞進去的各式內臟，遇到開口就紛紛湧出。這些血淋淋的畫面讓郎巴鐸驚恐不已。他難道忘了能讓這些盔甲充滿活力、四處移動的，原本就是血肉之軀？所有盔甲皆如此，只有一個例外。除非身穿雪白盔甲的那個騎士觸摸不著的本質已擴散到整個軍營。

郎巴鐸催馬前進，急於尋找生命跡象，不管是自己同袍或敵人都好。

他在一個小山谷裡，那裡空無一人，只有死屍和圍繞死屍嗡嗡飛舞的蒼蠅。此刻戰火稍歇，也或許是在戰場另一邊廝殺。郎巴鐸騎著馬四下張望，有馬蹄聲傳來，一名士兵騎著馬出現在一座小山丘上。是薩拉森人！那人匆匆看了一眼四周，就扯動馬轡跑走了。郎巴鐸追上去，現在換成他在小山丘上，看著那個薩拉森人在草地上馳騁，轉眼消失在榛樹林間。郎巴鐸的馬飛馳如箭，彷彿他早就在等待這場競速比賽。年輕人很開心，在無生命外殼包覆下的馬終於活得像匹馬，人也終於活得像個人了。那個薩拉森人突然轉向右。為什麼呢？郎巴鐸有把握自己可以追上他，結果從右側灌木叢中衝出另一個薩拉森人擋住他的去路。兩個異教徒都轉身與他對峙，原來是預設了埋伏！郎巴鐸高舉長劍怒吼撲向前：「懦夫！」

其中一個薩拉森人挺身應戰，他的黑色頭盔上有兩個角，像隻大黃蜂。郎巴鐸揮劍橫劈在對方的盾牌上，他的馬後退了幾步，另外一個薩拉森人趁機逼近，郎巴鐸只好用膝蓋夾緊馬腹讓馬原地轉圈，一邊進攻一邊防守。「懦夫！」嘶吼的他是真的怒火中燒，這次搏鬥是真的殊死搏鬥，他一人應付兩個敵人逐漸力竭，對他這個血肉之軀而言真的很折磨，郎巴鐸很可能會喪命，此刻他知道這個世界真的存在，他不知道的是此刻死去是幸或不幸。

兩個薩拉森人跟他纏鬥不休，郎巴鐸漸漸落於下風。他緊握劍柄，好似把劍摟在懷裡，生怕一鬆手他就輸了。在此關鍵時刻，他聽見一陣馬蹄聲，薩拉森人彷彿聽見戰鼓頻催，同時放開郎巴鐸，舉起盾牌作掩護，往後退了幾步。郎巴鐸轉頭，看見身邊的騎士手持基督教軍隊武器，盔甲外罩著淡紫色長袍，頭盔盔冠上迎風搖曳的長羽飾也是淡紫色，他快速掄動手中輕巧的長矛逼退了兩個薩拉森人。

郎巴鐸和不知名騎士肩並肩作戰，後者把長矛轉成了風車。那兩個敵軍，一個進攻一個做假動作，試圖打落紫衣騎士手中的矛，豈料他突然將長矛掛在胸甲的矛鉤上，空出手來拔劍，衝向其中一個異教徒士兵，展開決鬥。郎巴鐸看著前來救援的騎士使劍如此輕盈，差點呆立觀看忘記一切。幸好下一秒他便舉起盾牌衝向另一個士兵。

郎巴鐸跟紫衣騎士聯手抗敵，每一次那兩個士兵攻擊失敗往後退，他們就立刻交換攻擊對象，用不同戰法消耗對方。跟同袍並肩作戰比一個人作戰的感覺好太多，可以互相鼓勵打氣，有敵人和有朋友同樣叫人熱血沸騰。

郎巴鐸常藉著向紫衣騎士喊話為自己打氣，但對方始終沉默。年輕的郎巴鐸明白在戰場上最好節省力氣，於是他也安靜了，但他還是覺得聽不到同袍的聲音有點遺憾。

這場混戰越來越激烈。紫衣騎士把他的對手掀下馬背，那個薩拉森人跌落後倉皇遁逃，消失在灌木叢間。另一個薩拉森人撲向郎巴鐸，但在糾纏中折斷了劍，因為擔心自己被俘，也調轉馬頭逃逸而去。

「謝謝你，兄弟，」郎巴鐸揭開面甲，對前來救援的騎士道謝。「你救了我一命！」他向對方伸出手。「我叫郎巴鐸，是羅西尤內的青年騎士，家父是已故的葛拉多侯爵。」

紫衣騎士沒有回應，既未報上自己的名號，沒有握住郎巴鐸伸出的右手，也沒有露出臉龐。年輕的郎巴鐸臉紅了。「你為什麼不理我？」結果對方調轉馬頭跑了。「這位騎士，雖然我欠你一條命，但你這樣對我是莫大羞辱！」郎巴鐸對著紫衣騎士大喊，而那人已經遠去。

他十分感念這位無名氏及時救援，加上二人在戰鬥中取得無聲默契，他對這位神祕人物十分好奇，卻又被對方的莫名無禮行徑激怒，應戰得勝後原本被壓下的怒火亟欲尋找新目標，於是他高聲嚷嚷道：「不管你是誰，我不會輕易放過你！」同時催馬打算尾隨紫衣騎士。

只不過他催了又催，坐騎紋風不動。他拉扯馬銜，馬頭卻往下一垂。他緊抓馬鞍頭大力晃動，馬竟像木馬一般搖擺。郎巴鐸下馬，掀開馬眼罩，只看見眼白，原來馬已經死了。薩拉森人一劍刺入覆蓋駿馬身上的鐵甲片間縫隙，正中心臟。要不是馬腿和身體兩側都被鐵甲包覆讓牠彷彿生根了似地直挺挺站立，應該早就轟然倒地。那匹英勇的戰馬為他效力到最後一刻站著死去，讓郎巴鐸心痛不已，頓時忘記惱怒，伸手摟住如雕像般動也不動的坐騎頸部，親吻已經冰冷的馬鼻子。之後他振作精神，擦乾眼淚，轉身邁開步伐跑了起來。

他能去哪裡呢？他沿著樹林茂密的溪邊沒有明確方向的小徑奔跑，周圍不見任何戰爭痕跡。那個紫衣騎士不知所蹤，郎巴鐸漫無目的前進，他知道自己跟丟了，依然忍不住想：「即便走到天涯海角，我也會找到他！」

經歷過一大早的激戰，此刻格外覺得口渴。為了解渴他往河灘走去，聽見枝椏晃動的聲音，一匹馬在草地上吃草，韁繩鬆鬆地綁在一株榛樹上，牠身上比較笨重的盔甲已被卸下堆在一旁。毫無疑問，牠是那個不知名紫衣騎士的坐騎，所以騎士應該就在附近！郎巴鐸衝進蘆葦叢裡四處搜尋。

他來到河灘上，從穗梗間探出頭來，紫衣騎士果然在那裡，他的頭部和上半身依然被胸甲和密閉頭盔包覆，彷彿甲殼動物，但是下半身的腿甲、護膝甲和脛甲都已褪去，換句話說腰部以下赤裸，而且赤著腳在溪石間奔跑。

郎巴鐸不敢相信自己眼睛所見。因為那分明是女子的裸體：有金色汗毛的光滑小腹，粉紅色的渾圓臀部，如少女般的修長筆直雙腿。這半個少女胴體（被盔甲覆蓋的另外半個現在看起來比之前更缺乏人性和表情）轉過身來，尋找一個舒適的地方，一隻腳踩在溪流這邊一隻腳在那邊，膝蓋微彎，包著臂甲的雙手撐著膝蓋，頭往前伸背往後弓，神情自若十分放鬆地開始撒尿。這名女子是和諧的月光，是柔軟的羽毛，也是溫柔的波浪。郎巴鐸對她一見傾心。

年輕的女戰士再往前走，低下身子，打著哆嗦快速沖洗後便抬起赤裸的粉色腳丫子跳上岸來。就在此時她發現郎巴鐸躲在蘆葦叢中窺視。「下流！」她高聲斥罵並從腰間抽出一把匕首朝他飛擲過去，這時候的她不是那個完美的武器高手，而是一名氣急敗壞暴怒的女子，不管手邊是盤子或刷子或任何東西，都會朝那個男子的腦袋瓜丟過去。

總而言之，匕首差一點射中郎巴鐸的額頭。年輕人很羞愧，連忙後退。但下一秒他就滿腦子想著如何再次向她介紹自己，要用哪種方式向她告白。這時只聽馬蹄一蹬，他立刻扭頭往草地跑，果然馬不見了。已是日暮時分，他才發現這一天即將結束。

沒有坐騎的他疲憊不堪，先前發生太多事讓他飽受折磨，所以此刻心情過於愉悅的他沒能看明白原先的焦慮其實是被更擾人的焦慮所取代。他返回軍營。

「你們可知道，我為我父親報仇了，我贏了，伊索阿勒掉下馬背，我……」他說得顛三倒四，匆促草率，因為他真正想說的是另一件事。「……我一打二，這時一名騎士出現對我伸出援手，後來我發現他不是士兵，而是一名女子，絕世美女，我沒看見她的臉，她在盔甲外面罩了一件紫色長袍……」

「哈哈哈！」跟他同一個營帳的同袍哄然大笑，他們在每次戰役結束後脫下盔甲的汗臭味中，給自己胸口和手臂上的瘀青塗抹藥膏。「小鬼，你想睡布拉姐曼特啊！她看得上你才怪！布拉姐曼特要嘛跟將軍相好，要嘛跟馬伕廝混。你這是異想天開白費力氣！」

郎巴鐸無力反駁，他走出營帳。太陽西斜，天空一片火紅。也不過就在前一天，他看著夕陽，捫心自問：「明天的日落時分我會變成什麼樣子？我能通過考驗嗎？我會被認可是男子漢嗎？能夠青史留名嗎？」此刻已經是明天的日落時分，那些通過的考驗如過眼雲煙，新的考驗難以預料、困難重重，那才是他能否獲得認可的關鍵。在一切都不確定的這個狀態下，郎巴鐸很想向穿著雪白盔甲的那名騎士傾吐心聲，彷彿只有那名騎士才懂他。他也說不清楚為什麼。

第五章

我住的斗室下方是修道院的廚房。我書寫的時候會聽見負責雜役工作的修女們在餐廳清洗餐具，銅錫材質碗盤碰撞的鏗鏘聲。院長交付給我的任務與她們的不同，我得把這個故事寫下來。其實修道院內所有勞務工作萬變不離其宗，唯一目的是確保心靈健康。昨天我在描述戰爭場景的時候，水槽裡碗盤碰撞的聲音在我聽來彷彿是長矛撞擊盾牌和鎧甲，或沉重長劍劈砍在頭盔上的聲音。中庭另一側傳來裁縫修女操作織布機的咚咚聲響，在我聽來猶如戰馬馳騁的雜沓馬蹄聲。我耳朵所聞，成為我半開半闔眼中的畫面，是我未曾說出口的言語，讓我在空白扉頁上振筆疾書。

或許因為天氣太熱，或包心菜的味道揮之不去，又或許是因為我懶得動腦，今天雜役修女的喧鬧聲最多只能帶我來到法蘭克軍隊的廚房。我腦中的畫面是士兵在冒著煙的大鍋子前面排隊，不斷叩叩叩敲打手中湯碗和湯匙，湯勺磕在湯碗碗沿，刮著結了水垢的鍋底把湯撈空，這個畫面和包心菜湯的味道反覆出現在每一個軍團裡，諾曼第軍團、勃艮第軍團和安茹軍團皆然。

如果說軍隊的實力由它製造的噪音大小可見端倪，那麼法蘭克軍隊在開飯時發出的巨大聲響的確令人刮目相看。喧鬧聲響徹山谷和平原，甚而傳至遠方，與異教徒軍隊開飯時的吵雜回聲交融成一片。敵軍刻意在同一時間狼吞虎嚥該死的包心菜湯。昨天兩軍交戰還不如今天用餐時那般嘈雜，味道也沒有今天那麼刺鼻難聞。

所以我只能想像我故事中的英雄在廚房裡打轉。阿吉洛夫出現在繚繞煙霧中，探頭看向一個湯鍋，對包心菜味道無感的他向奧弗涅軍團的伙夫耳提面命。此時年少的郎巴鐸衝上前。

「騎士大人！」他跑得上氣不接下氣。「我總算找到您了！那個，我，我也想當聖騎士！昨天的戰役中我報仇了……一場混戰……而且我一個打兩個……有人埋伏……後來……總而言之，現在我知道打仗是怎麼回事了，我希望兩軍交鋒的時候能把最危險的位置指派給我……或是把最能建功的任務交給我……捍衛我們神聖的信仰……或拯救老弱婦孺於危難之中……請您告訴我……」

阿吉洛夫起初背對著他，沒有立刻轉過身來，似乎是為了表達自己履行職務中途被打斷的不滿。等轉過身來之後，阿吉洛夫開始侃侃而談，可以察覺到他對別人臨時拋出的議題能夠快速掌握並應對自如頗感得意。

「青年騎士，你方才所言在我聽來，似乎是認為我們聖騎士所做一切只是為了爭功，包括開戰時在最前面衝鋒陷陣，或是單槍匹馬完成艱鉅任務，例如捍衛我們神聖的信仰，以及救援老弱婦孺，我說得對嗎？」

「對。」

「事實上，你所說的這些，都是我們精銳部隊負責的特別任務，不過……」阿吉洛夫輕笑一聲，郎巴鐸第一次聽到那具白色盔甲發出笑聲，斯文但輕蔑。「……不過不只這些。你如果想知道，我可以一一羅列各階聖騎士的職責，從一般聖騎士、初階聖騎士到高階聖騎士……」

郎巴鐸打斷他的話：「我只想跟在您身邊見習，騎士大人。」

「相較於學理，你更重視經驗，倒也無妨。我正好今天值勤，每週三我都擔任軍隊後勤部督察，身為督察的我要巡視奧弗涅軍團和普瓦圖軍團的廚房。你如果跟著我，可以慢慢熟悉後勤部這個棘手的任務。」

這跟郎巴鐸預期的不同，他有點失望。但是他不能表現出言行不一，只好假裝關注阿吉洛夫對伙夫頭、酒窖管理人員和清潔僕役做什麼和說什麼，心中期盼那只是在投身戰場大顯身手之前的一種準備儀式。

阿吉洛夫對配給的糧食、湯的分量、湯碗的數量，以及鍋子裡的食材數了又數。

「你要知道，指揮軍隊最難的一件事，」他解釋給郎巴鐸聽。「就是計算煮一鍋湯可以供給幾個人。沒有一個軍團算得出來。不是煮太多，多出來的湯不知去向，也不知道該如何造冊紀錄，就是煮太少，不夠大家吃，很快便引發士兵不滿。的確每一個野炊廚房都會有乞丐、可憐老嫗和瘸子來排隊撿拾剩飯剩菜，可以想見場面多麼混亂。為了理出頭緒，我要求每個軍團交出人員名單，包括開飯時固定會來排隊的那些窮人姓名。如此一來，我們才能清楚知道每一碗湯去了哪裡。所以，你若想熟悉聖騎士的職責，現在就拿著人員名單到各軍團廚房去查核吧，看看是否一切進行順利，之後再回來向我報告。」

郎巴鐸該怎麼做呢？一口回絕，為自己爭取榮譽，還是什麼都不爭？他很有可能為了這點小事毀了自己的前途。他決定去。

他回來的時候一臉無奈，說不出所以然。「呃，我覺得算是順利。」他對阿吉洛夫說。「當然場面還是很混亂。還有，那些來領湯的窮人全都是一家人嗎？」

「什麼一家人？」

「他們長得很像……應該說長得一模一樣，很容易認錯人。每個軍團都有一個人，跟去另一個軍團的另一個人很像。剛開始我以為是同一個人，只是遊走在不同軍團的廚房討食，可是我查了名單，發現名字不一樣，有的叫博阿莫魯茲，或叫卡洛敦、巴林卡丘、貝特拉……。於是我詢問士官，也進行了查核，名單跟人對得上，但是他們實在長得太像……」

「我親自去看。」

他們二人走向洛林軍團。「在那裡，就是那邊那個人。」郎巴鐸指著某個地方，意思是那裡有人。那裡確實有人，只不過乍看之下，那個人綠黃相間的衣服破爛又骯髒，加上滿臉雀斑和長短不一的大鬍子，如果匆匆一瞥，會把他跟泥土和樹葉的顏色混為一談。

「原來是古杜魯！」

「古杜魯？他還有另外一個名字？您認識他？」

「他沒有名字，所以叫他什麼名字都可以。謝謝你，青年騎士，你不但發現我們管理上的缺失，還讓我找到了我的侍從。陛下把他指派給我後，他就失蹤了。」

洛林軍團的伙夫分發食物完畢後，把鍋子丟給古杜魯。「拿去，這鍋湯都歸你了！」

「全都是湯！」古杜魯大呼小叫，像趴在窗臺上向外探頭那樣，把上半身塞進鍋子裡，用湯匙輕刮鍋壁，想把黏在壁上那層最寶貴的湯料刮下來。

「全都是湯！」古杜魯的聲音在湯鍋裡迴盪，他的動作過於魯莽，導致整個鍋子翻倒把自己罩在裡面。

此刻古杜魯被困在開口朝下的湯鍋裡，依然能聽見他用湯匙敲敲打打，傳出沉悶的咚咚聲。他在裡面咆哮：「全都是湯！」隨後那個如龜殼般的湯鍋動了一下，再次被掀翻，古杜魯重新出現。

他從頭到腳都是包心菜湯，髒兮兮，油膩膩，而且還沾染了煤灰。湯汁糊在眼睛上，古杜魯就跟瞎了一樣，一邊往前走一邊大喊：「全都是湯！」他朝前伸直雙臂彷彿在划水，除了淋他一臉的湯什麼都看不見。「全都是湯！」他一手揮舞著湯匙，似乎想用湯匙把周遭一切都撈過來。「全都是湯！」

郎巴鐸看著那個畫面心神恍惚、頭暈目眩。與其說他感到厭惡，不如說他很疑惑：會不會眼前這個看不見的男人是對的，這個世界其實是沒有形狀的一大鍋湯，所有一切都會在湯裡消解，染上其他東西的氣味和顏色。「我可不想變成湯，救命啊！」他正想大喊，卻看到一旁的阿吉洛夫雙手環胸面無表情，彷彿對那粗鄙難堪的一幕視而不見，無動於衷。郎巴鐸意識到阿吉洛夫永遠不可能理解他的焦慮，這個身穿雪白盔甲的騎士所在意的總是與他相反讓他感到苦惱，如今則跟古杜魯帶給他的苦惱互相抵消，他終於找到平衡，恢復冷靜。

「為什麼你們不讓他明白這個世界並不是一鍋湯，以免他一直這麼混亂？」他努力維持語調平穩，開口對阿吉洛夫這麼說。

「能讓他明白這點的唯一方法，是給他明確指令。」阿吉洛夫回答後，便對古杜魯說：「神聖羅馬帝國及法蘭克之王查理曼大帝將你指派給我為侍從，從今而後你得對我唯命是從。我奉殯葬及善後管理部委派負責處理昨日戰役中亡者的喪葬事宜，你帶上鐵鍬和鋤頭跟我去戰場，將施洗過而今蒙主寵召的我們弟兄入土安葬。」

阿吉洛夫要郎巴鐸跟他一起去，以了解聖騎士需要面對的另一項棘手任務。

他們三人往戰場走去。阿吉洛夫本想要緩步徐行，結果形色匆匆。郎巴鐸瞪大眼睛環顧四周，渴望能夠認出昨天自己經歷刀光劍影劈砍廝殺的地方。古杜魯肩上扛著鐵鍬和鋤頭，不知道這個任務非同兒戲，一路上吹著口哨哼著歌。

他們經過高地，可以看見昨天發生血腥混戰的平原，屍橫遍野，禿鷹伸出利爪停在亡者的肩膀或臉龐上，低頭在被剖開的胸腹間啄食。

禿鷹覓食這件事並非一蹴可幾。戰役剛落幕牠們就從天而降，然而戰場上的亡者全都身穿鋼鐵甲冑，這些猛禽的鳥喙啄下去連刮痕都沒能留下。等天黑以後，敵對陣營的人會靜悄悄地匍匐而來，準備洗劫屍體。禿鷹振翅飛走後在天空盤旋，等待一切結束。當黎明天光浮現，戰場上全都是白花花的赤裸肉身，這時候禿鷹才再次降落大快朵頤。不過牠們的動作得快，因為掘墓人等下就要來了，他們會將禿鷹的盤中飧搶走留給蛆。

阿吉洛夫和郎巴鐸揮劍，古杜魯揮鐵鍬，三人合力驅趕這些黑黝黝的不速之客，讓牠們飛走，隨後展開令人感傷的工作：每個人選一個亡者，拉著他的腳拖到山坡上，找一處合適的地方挖坑掩埋。

阿吉洛夫拖著一具屍體邊走邊想：「你有我未曾擁有，將來也不會擁有的血肉之軀。或者應該說，其實你也沒有血肉之軀，因為你即血肉之軀，所以我在心情低落的時候，忍不住會妒忌存在的人。有什麼了不起！我可以說我是天選之人，沒有軀體照樣無所不能。無所不能，我想這才是最重要的，很多事我做得比那些存在的人更好，我不像他們做事馬馬虎虎、得過且過、心口不一，令人厭惡。但是存在的人的確可以留下些什麼，留下獨特印記，我就永遠做不到。不過如果存在之人的奧祕就在這副臭皮囊裡，那就算了，我不要也罷。活生生的人萬頭攢動比這漫山遍野的赤裸肉身殘骸更教我更覺得毛骨悚然。」

古杜魯拖著一具屍體邊走邊想：「你放的屁比我放的屁還臭。我不懂為什麼大家都可憐你。你有什麼不滿足？你之前活蹦亂跳，現在換成把你吃下肚的蛆活蹦亂跳。原本會變長的是你的指甲和毛髮，現在你化為腐水讓草坡上的小草在陽光下越長越高。你會變成小草，之後變成吃草的乳牛分泌的奶，再變成喝了牛奶的孩童身上的血。所以你的生命比我的生命有用，你說是不是？」

郎巴鐸拖著一具屍體邊走邊想：「我拼命趕來戰場可不是為了像你這樣被人拖著腳踝走。看你現在死不瞑目、後腦杓在石頭上磕磕撞撞的樣子，真不明白當初驅使我來此的滿腔怒火、一心投身戰場和追逐愛情的殷切渴望，究竟是怎麼回事？我想了又想，是你讓我不得不想，有什麼東西變了嗎？沒有。在進墳墓之前的人生，對我們活人和你們死人來說，沒有其他選擇。或許我只是不想虛擲光陰，不想一事無成，想要有所作為，想為法蘭克軍隊效力，共襄盛舉。想要擁抱驕傲的布拉妲曼特，並且被她擁抱。我希望你沒有虛度你的人生。總之，你的命運骰子已經擲出了屬於你的數字，而我的骰子還在骰子筒裡轉。我寧願惴惴不安，也不願像你永恆安息。」

古杜魯一邊哼歌一邊為挖坑做準備。他將屍體放在地上以測量尺寸，用鋤頭做出四邊記號後，移走屍體，開始奮力掘土。「你等著很無聊吧，」他讓屍體側躺，面向墓穴，可以看到他掘土。「你好歹幫忙挖幾下吧。」他把屍體扶正後，將鋤頭塞進死人手中，但鋤頭隨即掉下來。「好吧，你真沒用。那就我來挖坑，等下換你來填土。」

坑挖好了，只不過古杜魯鋤地沒有章法，因此挖出來的坑形狀不規則，坑底呈碗狀。他想自己試試看，便爬進坑裡躺下。「哦，很舒服，可以好好休息！土質好鬆軟！

還可以在裡面翻身！死人，你下來感覺一下我幫你挖的這個坑多棒！」話說完他才想到：「可是我們剛才說好你要負責填土，所以我要待在這裡，換你用鐵鍬挖土往我身上蓋！」他等了一會兒不見動靜。「欸！你快一點！你在幹嘛？你要像我這樣！」躺在坑底的他開始揮動鋤頭挖土，結果整片土堆傾倒在他身上。

阿吉洛夫和郎巴鐸聽到古杜魯嗚嗚怪叫一聲，不知道被埋在坑裡的他是害怕或高興。他們趕在古杜魯被悶死之前，把全身是土的他挖了出來。

阿吉洛夫發現古杜魯的工作做得很糟，郎巴鐸的工作也不及格。他自己規劃了一個小墓園，將所有矩形墓穴的邊界都標示完畢，每一個墓穴都平行排列在一條小路兩側。

他們在暮色中返回軍營，經過一處林中空地，法蘭克軍隊中的木匠正在砍樹，準備製作戰爭用的器械和生火用的柴薪。

「古杜魯，你去砍柴。」

古杜魯拿起斧頭亂砍一通，還把生火用的枯枝、鐵線蕨翠綠的幼嫩莖葉、草莓樹的灌木和長滿蘚苔的一塊塊樹皮全都混在一起。

阿吉洛夫一邊檢查木匠的斧頭、工具、柴垛，一邊向郎巴鐸解釋聖騎士要負責哪些木材備料任務。郎巴鐸右耳進左耳出，他一直有問題想問，如今跟在阿吉洛夫身邊的見習即將結束，卻依然沒說出口。「阿吉洛夫騎士！」郎巴鐸打斷阿吉洛夫說話。

「什麼事？」阿吉洛夫正在檢查斧頭。

年輕的郎巴鐸不知該從哪裡說起，也不知該如何編織藉口好切入他關心的話題。於是他紅著臉說：「您認識布拉妲曼特嗎？」

聽到那個名字，胸前抱著各種枝枒的古杜魯跳起來，把枯樹枝、忍冬花藤、刺柏漿果和女貞枝葉撒了滿天滿地。

阿吉洛夫手中拿著一把極為鋒利的雙刃斧。他舉著斧頭向前衝，手一揮砍向橡樹樹幹。那斧頭貫穿了樹幹，但樹幹停在斧頭劈過去的斷面上，並未移動分毫。

「阿吉洛夫騎士！發生什麼事？」郎巴鐸嚇了一大跳。「您怎麼了？」

阿吉洛夫雙臂環胸繞著樹幹細細查看。「看到沒有？」他對年輕人說。「乾淨俐落，沒有絲毫移位。你看斷面多平整。」

第六章

我著手書寫的這個故事比我原先想像的難。而我接下來要寫的是俗世凡人最荒唐的瘋狂之舉，也就是愛情。因為發誓願、隱修生活和天性靦腆使然，我至今未曾經體驗過愛情，但我也略有耳聞。其實在修道院裡，為了讓我們對誘惑有所警覺，有時候大家會憑著我們對愛情的模糊概念進行討論，特別是每次我們之中某個可憐女孩因為沒有經驗而懷孕，或是被對主缺乏敬畏心的權貴擄走後回到修道院將她的種種遭遇告訴我們的時候。總而言之，我既然能寫出我對戰爭的想像，自然也能寫出對愛情的想像。寫作的藝術就在於懂得從生活中不經意發生的小事生出整個故事，但是等故事寫完重新回到生活的時候，對於我們所知道的不過是滄海一粟心裡有數。

布拉妲曼特的愛情經驗比較豐富嗎？她曾經以亞馬遜女戰士自居，但內心感到十分空虛。她熱愛騎士生活，因為武藝和騎術都講求一絲不苟、精確無誤、嚴謹自持，遵從美德規範，舉止儀態也是如此。但是圍繞在她身邊的都是什麼樣的人呢？臭汗淋漓的大老粗，打起仗來隨隨便便態度輕忽，只要值勤一結束就喝得爛醉如泥，或笨手笨腳在她身邊打轉，看看那天晚上有沒有機會獲得她青睞帶入營帳中。因為大家雖然知道騎士精神很了不起，但很多騎士都是蠢蛋，習慣於做大事，然而沒有章法，馬馬虎虎，在他們宣誓過絕對不能違背的不容置疑因此不需要動腦思考的規定範圍內得過且過。反正戰爭難免混亂，也不乏照本宣科敷衍了事之處，無需緊盯細節不放。

其實，布拉妲曼特跟他們並無不同，說不定她之所以認定嚴格和嚴謹的重要性，是為了壓抑自己的本性。舉例來說，全法蘭克軍隊最不修邊幅的人，非她莫屬。只要說一件事就好，她的營帳是全軍營最凌亂的那一個。被視為女性專責的所有工作，其他倒楣男人只能自己應付，包括洗衣服、縫補、掃地、清理無用的雜物等等，但嬌生慣養的她被寵壞了，什麼都不做，若不是有年邁洗衣婦和每一個在軍團附近打轉、骨子裡都是為了做應召生意而來的雜役女工，她的營帳恐怕比狗窩更髒亂。但她根本不會待在營帳裡，布拉妲曼特的一天從她穿上盔甲、坐上馬鞍開始，只要裝備一上身，她就變成另外一個人，從盔頂到腿甲都閃閃發光，她炫耀身上完美無瑕宛如全新的每一片鎧甲，鎖子甲上有紫色緞帶打的蝴蝶結，每一個結都打得整整齊齊。她想要成為戰場上最亮麗的身影，與其說是女性虛榮心作祟，不如說是對聖騎士的一種挑釁，展現優越感，以及自豪。布拉妲曼特認為無論友軍或敵軍若在儀表和武藝上無懈可擊，就代表他的內在也很完美。所以當她遇到她覺得某種程度上符合要求的勇士，就會因為對愛的強烈渴望而喚醒她身為女性的那一面。據說她堅決否認自己訂下嚴苛標準，她是一個既溫柔又易怒的情人。如果有男人跟隨她的腳步，行事率性而為或放縱失控，她便立刻對他失去興趣，轉而尋找性格更堅韌不屈的新對象。但是她還能找到誰呢？在基督軍隊或敵軍中已經沒有任何勇士對她有吸引力，因為她對每個人的弱點和蠢笨無趣都熟稔在心。

布拉妲曼特在自己營帳前的空地上練習射箭，當郎巴鐸興沖沖前去尋她時，才第一次看見她的面容。她身穿短袍，手臂裸露在外握著弓，因為用力的緣故臉部神情有些陰鬱，頭髮綁在腦後，紮成一大束鬆散的馬尾。郎巴鐸的目光並未停留在這些細節上，他看到的是這個女子的全部，她這個人，她的顏色，就是她，是他之前迫不及待渴望的那個她，郎巴鐸甚至還沒看清楚她的模樣，但是對他而言，眼前這個人不可能不是她。

她拉弓射箭，這一箭深入箭靶，跟之前射中的三支箭排成一直線。郎巴鐸跑向她：

「我來跟你較量一番！」

年輕人都是這樣跑向心儀的女子，只不過郎巴鐸真的是因為愛她所以跑向她？有沒有可能不是因為愛本身，而是為了尋找只有這名女子才能讓他覺得自身存在的安全感？缺乏自信的年輕人在跑向她的同時愛上她，郎巴鐸既快樂又難過，對他來說這名女子就是那名確實存在的女子，唯有她能為他證明。可是這名女子既存在也不存在，在他面前的她同樣惶恐不安，缺乏自信，那個年輕人怎麼就不明白呢？兩人誰強誰弱重要嗎？他們勢均力敵。但年輕人不知道，因為他不想知道，他在意的是這名女子存在，千真萬確存在。至於她，她知道的事情比較多，或是比較少，總而言之她知道的跟他不同，尋找存在感的方式不同。他們一起比箭，她喝斥他對他表達不悅，他不知道那是一種情趣。四周是法蘭克軍隊的營帳，隨風飄揚的旌旗，終於吃上草料的戰馬排成一列。僕從在為聖騎士準備晚餐，而等著用餐的聖騎士三五成群站在旁邊，看著布拉姐曼特跟那個年輕人比箭。布拉姐曼特說：

「你射中箭靶都是靠運氣。」

「靠運氣？我每一箭都中！」

「就算你射一百箭都中，也一樣是靠運氣！」

「有什麼不靠運氣？有誰成功不是靠運氣？」

阿吉洛夫從營地外緣經過，雪白盔甲上罩著一件黑色長斗篷。他靠邊行走，雖然目不斜視但心裡知道大家都在打量他，他其實非常在乎但認為自己應該表現出滿不在乎的樣子，於是做出大家都不難看明白的另一種姿態。

「這位騎士，你來示範怎麼做……」布拉姐曼特一反平時的輕蔑語調，舉止間也少了以往的高傲。她朝阿吉洛夫走了兩步，將箭已經搭在弦上的弓交給他。

阿吉洛夫慢慢靠過來，接過弓箭，將斗篷往背後一掀，一腳往前一腳往後，舉起雙臂和弓箭。他不是用肌肉和神經做出瞄準的動作，而是以力量循序漸進取代肌肉和神經，讓箭尖停留在對準靶心的那條看不見的直線上，肉眼幾不可察地微幅拉開弓，然後放箭。可想而知那支箭正中靶心。布拉姐曼特大喊：「射得好！」

阿吉洛夫對此毫不在意，他的鐵甲手緊握著仍在抖動的弓，隨後鬆手將弓拋下，拉起斗篷攏在胸甲前，把自己裹起來，大步離去。他沒有話要說，因此未發一語。

布拉姐曼特撿起那把弓，伸直手臂將它舉高，甩了甩垂在肩上的馬尾。「有誰能像他一樣拉弓射箭如此乾淨俐落？有誰能像他一樣每個動作都精準無誤？」她一邊說一邊踢飛了幾塊草皮，把一支支箭抵在柵欄上折斷。阿吉洛夫已經走遠，沒有回頭，他盔冠上的五彩羽飾往前傾，看起來彷彿低著頭，雙手攏在胸甲前，拽著黑色斗篷前進。

原本聚集圍觀的士兵中有幾個坐在草地上，欣賞布拉妲曼特為愛痴狂的模樣。「她一旦愛上阿吉洛夫，可憐啊，好日子從此結束了……」

「什麼？你們說什麼？」郎巴鐸聽到這句話，一把抓住說話那人的手臂。

「欸，小鬼，你挺著胸甲下飽滿的胸膛對我們布拉妲曼特聖騎士來說沒用，她喜歡盔甲內外都乾乾淨淨的！你不知道她已經瘋狂地愛上阿吉洛夫嗎？」

「怎麼可能……阿吉洛夫……布拉妲曼特……怎麼會呢？」

「她既對所有已經存在的男人都不感興趣，唯一渴望的就只能是那個根本不存在的男人了……」

郎巴鐸已經習慣在心有疑慮或灰心喪志的時候，便開始尋找那位身穿雪白盔甲的騎士身影。此刻郎巴鐸的心情正是如此，但不知道是該向阿吉洛夫求教，抑或視他為情敵。

「喂，金髮美女，他在床上恐怕弱不禁風吧？」軍中同袍挖苦她。這代表布拉妲曼特的地位一落千丈，以前可沒人敢用這種語氣對她說話。

「你說說看，」那些放肆無禮的莽夫沒打算停下來。「你如果把他剝光了，能得到什麼啊？」他們繼續譏笑。

郎巴鐸聽他們這樣說布拉妲曼特，再聽他們那樣說阿吉洛夫，內心無比煎熬，同時又氣憤不已，因為他知道這件事根本沒有他置喙餘地，沒有人覺得與他有關，更是分外沮喪。

布拉妲曼特拿起一根鞭子在空中揮甩，驅散好奇的圍觀者，包括郎巴鐸在內。「你們不相信我這樣一個女人可以讓任何男人做好他該做的事？」

大家邊跑邊嚷嚷：「哎呀！哎呀！布拉妲曼特，你要的話，我們可以借他點東西，只要你開口我們就照辦！」

郎巴鐸被人群推擠，跟在那些遊手好閒的士兵後面跑，直到大家散開。他不想再回頭去找布拉妲曼特，找阿吉洛夫作伴恐怕也會覺得不自在。偶然間郎巴鐸注意到身旁的年輕人，他是科諾瓦亞公爵家的小兒子，名叫托里斯蒙多，走路時盯著地面，悶悶不樂，低聲吹著口哨。郎巴鐸跟這個素昧平生的年輕人並肩前進，因為想要吐苦水，於是主動開口：「我是新來的，怎麼說呢，這裡跟我想的不一樣，一切都難以捉摸，缺乏目標，摸不著頭緒。」

托里斯蒙多暫時中斷了無精打采的口哨聲，頭都不抬地回答說：「一切都令人厭惡。」

「其實，」郎巴鐸說，「我本來沒有這麼悲觀，有些時候我依然熱血沸騰，懷抱憧憬，感覺像是終於看清楚一切，我告訴自己：這才是看事情的正確角度，對法蘭克軍隊而言戰爭就是如此，這就是我真心嚮往的一切。問題是我什麼都無法掌握……」

「你想掌握什麼？」托里斯蒙多打斷他的話。「勳章、軍階、排場、名氣……全都是假的。聖騎士那些刻著格言和座右銘的盾牌不是鐵製的，是紙糊的，只要一根指頭就能戳破。」

他們走到一個池塘邊，青蛙在岸上石頭間蹦跳，嘓嘓鳴叫。托里斯蒙多轉身面向軍營，指著高掛在柵欄上方的旌旗，做出想把一切都刪除的手勢。

「可是皇家軍隊，」因為對方的憤怒否定情緒，原本想吐苦水的郎巴鐸只好嚥了回去，努力不失分寸地爭取表達自己痛苦的機會。「我們不能不承認，皇家軍隊是為了神聖使命而戰，為了守護基督教跟異教徒對抗。」

「什麼守護什麼進犯，跟這些都無關。」托里斯蒙多說。「戰爭會持續打到世界末日，沒有贏家也沒有輸家，我們會永遠站在彼此的對立面，少了任何一方就什麼都不是，無論我們或敵軍都已經忘記為何而戰……你聽這些蛙鳴聲，我們所有作為的意義和價值跟牠們嘓嘓鳴叫、從水中跳上岸再從岸上跳進水裡並無二致……」

「我不這麼認為，」郎巴鐸說。「對我而言正好相反，這裡的一切都太過墨守成規、不思進取……。人人口中歌頌美德和價值，可是沒有溫度……。還有一個不存在的騎士，我跟你說，我很怕他……可是我又很敬佩他，他不管做什麼事都很完美，他不存在卻比存在更讓人有安全感，」說到這裡郎巴鐸臉紅了。「我能理解布拉妲曼特……阿吉洛夫是我們軍隊裡最優秀的騎士……」

「呵！」

「你呵什麼？」

「他也是裝腔作勢，比其他人更糟。」

「你什麼意思，你說他裝腔作勢？他不管做什麼都很認真，從不敷衍……」

「才怪！全都是假的……。不僅他這個人不存在，他做的事和說的話也都不存在，全都是空的，空的……」

「可是他相較於其他人明顯居於劣勢，若真是如你所言，他怎麼可能在軍中佔有一席之地？難道只因為他的名字？」

托里斯蒙多沉默了一會兒，然後低聲說：「在這個地方，連名字也是假的。我真想把這一切全都給炸了，連我們腳下這片土地都不留。」

「那不就什麼都沒有了？」

「或許有，但是他們不在這裡。」

「你說誰？他們在哪裡？」

「聖杯騎士。」

「他們在哪裡？」

「在蘇格蘭森林裡。」

「你見過他們？」

「沒有。」

「那你怎麼知道他們？」

「我就是知道。」

兩人沉默不語，只聞蛙鳴。郎巴鐸開始擔心那嘓嘓聲會淹沒一切，他也會被青蛙綠色的黏黏糊糊、開開闔闔的鰓所吞噬。但他突然想起了布拉姐曼特，想起她高舉著劍在戰場上英姿煥發的模樣，頓時將驚慌失措的心情拋在腦後，恨不得能立刻在她的碧綠雙眸前英勇殺敵浴血奮戰。

第七章

在修道院裡，每個人以不同方式苦修，以尋求永恆救贖。我的苦修方式是寫故事。很苦，真的很苦。修道院外是陽光明媚的夏日，山谷中傳來談話聲和溪流潺潺，我的斗室位在高處，從窄窗望出去能看到河灣，看到幾名農村青年脫光了衣服在沐浴，稍遠一點，躲在垂柳後面的女孩們也褪去衣衫下水。一個在水面下潛泳的年輕人，突然間冒出頭來望著她們，女孩們指著他放聲尖叫。我原本也有機會在那裡，跟同齡的年輕人成群結伴，身旁有僕傭簇擁。然而我許下的誓願讓我必須把能夠永流傳的東西放在稍縱即逝的俗世歡愉前面。永流傳……然而這本書，以及心如止水的我們所有虔誠之舉，相較於河水中如漣漪般擴散、對人生充滿期待又膽怯的欲念表現，皆是止水……。有時候不管我再怎麼認真，筆尖刻鑿留下的只有墨水，沒有一絲半毫生命之流的痕跡。生命在戶外，在窗外，在你之外，你感覺自己再也無法躲進你所寫的書頁裡面，在那裡打造另一個世界，恣意揮灑。或許這樣也好，或許當你滿心喜樂振筆疾書的時候，並非奇蹟或恩典顯現，而是罪孽、偶像迷信與傲慢。換言之，我在書的世界之外？也不是，書寫不會讓我變得更高尚，只不過虛耗一些無意識的躁動青春罷了。那麼這些差強人意的文字對我來說有何價值？這本書，以及誓願，並不比你更有價值。書寫未必能夠拯救靈魂。你一寫再寫，你的靈魂已然迷失。

所以，你們覺得我應該去找修女院長，請求她改派其他任務給我，例如讓我去井口打水、紡麻，或剝鷹嘴豆？不需要。我會盡我所能，繼續完成我的書寫工作。接下來我要敘述的是一場聖騎士晚宴。

查理曼大帝違反了所有固有的皇室禮儀，在其他人還沒到，用餐時間開始前便先行入座。他坐下後就開始吃麵包、乳酪、橄欖和辣椒等等已經上桌的東西，不僅如此，他竟然捨棄了刀叉用手進食。即便是最自制的君王在握有絕對權力後，也往往會失去控制力，專斷獨行。

聖騎士三三兩兩到來，在蕾絲綢緞材質的華麗禮服下依然可見鎖子甲，但是環鎖眼很大，還有如鏡面般閃亮、匕首一敲就碎裂的輕便盔甲。奧蘭多率先坐在皇帝舅舅的右手邊，之後入座的是李納多．迪．蒙塔巴諾、阿斯托爾弗、安久里諾．迪．巴猷納、李卡鐸．迪．諾曼第等人。

阿吉洛夫走到餐桌另一頭坐下，依然穿著那身無瑕的戰鬥盔甲。他以前不曾有過食慾，以後也不會有，他沒有胃需要填飽，沒有嘴巴可以進食，也沒有味覺品嘗勃根地葡萄酒，為何前來赴宴？阿吉洛夫從未缺席持續數個鐘頭之久的晚宴，他其實可以妥善運用這段時間去執勤，不過他有權利跟其他人一起坐在皇家晚宴桌上，因此他來了，以面對一天當中每一個儀式同樣一絲不苟的態度看待晚宴禮儀。

晚宴菜色與平日軍中菜色無異：填餡火雞、烤鵝肉串、燉牛肉、乳豬、鰻魚和鯛魚。僕從還沒來得及將食物放上桌，聖騎士們就一擁而上，用手撕扯，搶成一團，不但盔甲被弄髒，醬汁也噴濺得到處都是，場面比戰場上更混亂：湯碗打翻，烤雞滿天飛，僕從得護住托盤以免某個貪吃鬼把整盤菜倒進自己餐盤裡。

阿吉洛夫所在的那個角落很乾淨，很平靜，井然有序，只是相較於餐桌上其他人，不進食的他需要更多人服務。餐桌上杯盤狼藉，因為送菜過程中根本來不及更換盤子，而且聖騎士並未坐在各自座位上用餐，有時候就著桌布便吃了起來。阿吉洛夫則不斷使喚人送來新的餐巾和餐具，各種形狀和規格的餐盤、小碟子、湯碗、杯子，以及叉子、湯匙、小湯匙和足夠鋒利的餐刀，而且他對清潔吹毛求疵，只要在杯子或餐具上發現一點黯淡污漬就會退回去。他會用每一道菜，只用一點，絕不會錯過任何一道菜。舉例來說，他會切一小片烤山豬肉，放在盛肉的盤子上，在小碟子上放醬汁，再用一把極為鋒利的餐刀將那片肉切成細細的長條狀，然後將這些肉絲一條條挪到另一個盤子裡，再一一沾取醬汁，直到肉絲全都吸飽醬汁後，再放到另一個新盤子裡。他偶爾會喚來僕從，讓人把最後那個盤子收走，送一個乾淨的來。阿吉洛夫這樣可以忙上半個鐘頭。更別說雞肉、雉雞肉和鶇鳥肉，他能花數個鐘頭處理這幾道菜，他除了用特地讓人送來的某些小刀刀尖剔肉外，不會觸碰到肉，他讓人換了多次餐刀，就為了能把最小的肌肉纖維從最後一根小骨頭上刮下來。他也倒酒，持續不斷地把酒倒入面前許許多多高腳杯後分裝到小酒杯，再用小酒杯將一款酒跟另一款酒混合，他偶爾會將那個酒杯交給僕從帶走後送新的來。阿吉洛夫的麵包消耗量很大，他不停地把麵包心搓成一樣尺寸的小球，整整齊齊地排在桌布上，再把麵包皮弄成碎屑，堆出一座座小小的金字塔，等他玩累了便叫人用小刷子將桌布清掃乾淨。然後一切從頭開始。

他雖然很忙，但不會錯過餐桌上的往來對話，而且總是能及時加入。

聖騎士用餐的時候會聊什麼呢？可想而知，自吹自擂。

奧蘭多說：「老實說，在我跟阿格朗特國王決鬥獲勝、奪得杜蘭達爾劍之前，阿斯普洛莫特那一役的局勢不容樂觀。我們纏鬥許久，我一劍將他的右臂斬斷，他的手始終緊握杜蘭達爾的劍柄，我不得不用鉗子把他的拳頭撬開。」

阿吉洛夫說：「我無意反駁你，但正確說法是，阿斯普洛莫特之役簽訂停戰協議五天後敵軍獻出了杜蘭達爾劍。根據協議，敵軍需上繳給法蘭克軍隊一批輕武器，杜蘭達爾劍名列其中。」

李納多說：「它無論如何比不上我的焰形劍。我經過庇里牛斯山的時候遇到一條龍，我一劍就把牠劈成兩半，你們知道龍皮比鑽石還要硬。」

阿吉洛夫插嘴道：「我們要把時間說清楚。經過庇里牛斯山是四月的事，大家都知道，龍在四月蛻皮，那時候牠們的皮膚跟新生兒一樣柔軟細嫩。」

聖騎士們說：「哎呀，不管時間是哪一天，地點是哪裡，事情發生了就發生了，不要在雞蛋裡挑骨頭……」

其實他們都被惹毛了。那個阿吉洛夫什麼都記得，每件事都實事求是，即便是眾所周知、人人認可，包括未曾親眼目睹的人也記得清清楚楚的某個任務，他都想要簡化成執勤時發生的小插曲，載入呈給軍團指揮官的每晚例行報告中。自開天闢地以來，在戰場上發生的事和事後對戰爭的描述總會有出入，但是對戰士的人生而言，有些事是否發生過，並不重要，因為你這個人，你出的力，你一貫的行為模式，都在保證事情就算不是全然那樣發展，也很有可能會朝那個方向發展，或在遇到類似情境時依然會那樣發展。但是阿吉洛夫的個人行為無論真假，都無跡象可循，縱使日復一日被記錄下來，也無濟於事，形同空白一片。他想簡化的還有這些同僚、這些愛吹牛的酒囊飯袋、這些緬懷舊日榮光而從不面對現實的計畫，以及一下套用在這個人身上一下套用在那個人身上、只要是聖騎士就可以當主角的各種傳說。

有人不時會嚷著要查理曼大帝出面作證。然而皇帝經歷過太多戰役，常常把這個人跟那個人搞混，甚至記不清楚現在是在跟誰打仗。他腦子裡只有作戰，最多會想想戰爭結束後的事，打完的戰爭便是過眼雲煙，大家都知道編年史家和吟遊詩人說的不能盡信，皇帝不至於緊盯不放一一糾錯澄清，除非出現某些謬誤會對軍隊人員、軍階、功勳或領土歸屬造成影響，君王才必須表達意見。換句話說，查理曼大帝的意志無足輕重，重要的是結果，要根據大家手中的證據做出不違法也不違背習俗的判斷。因此，當聖騎士要他回應時，他便聳聳肩膀說些模稜兩可的話，有時候則含糊帶過：「哎！誰知道！戰亂時期嘛，各種傳言滿天飛！」隨即溜走。面對這個一邊搓麵包球一邊否定法蘭克軍隊所有如假包換光榮事蹟——即便口述版本不盡然符合事實——的阿吉洛夫騎士，查理曼大帝本打算把某些苦差事交付給他，但是其他聖騎士告訴他那些最令人討厭的工作卻是阿吉洛夫求之不得可以展現熱忱的機會，所以是白費工夫。

「阿吉洛夫，我不懂你為何如此錙銖必較，」烏里維利說。「光榮事蹟在百姓記憶中會被放大，更證明它不是憑空捏造，我們因此獲得授勳並晉升軍階並不為過。」

「我就不是！」阿吉洛夫反駁。「我的每一個榮譽頭銜都是因為我紮紮實實完成的任務，而且有不容質疑的文件佐證。」

「自以為是！」有人這麼說。

「剛才發言的人最好說明一下！」阿吉洛夫站了起來。

「冷靜，別生氣。」其他人對他說。「你老愛指責他人不是，莫怪別人也對你有意見……」

「我並未冒犯任何人，我只想明確指出事實，有時間地點外加證據！」

「剛才發言的是我，我也想明確指出事實。」一名臉色蒼白的青年戰士站起身來。

「我倒想看看，你托里斯蒙多能在我的過往經歷中挑出什麼叫人非議之處，」阿吉洛夫對這個年輕人，也就是托里斯蒙多．科諾瓦亞如此回應。「我在十五年前，從兩名匪徒手中救下蘇格蘭國王的女兒索芙洛妮雅，保住了她的貞操，因此獲得騎士榮銜，你難道有意見？」

「對，我有意見。十五年前，索芙洛妮雅，蘇格蘭國王的女兒，失去了貞操。」

餐桌上一陣騷動。根據現行騎士規章，凡是拯救貴族仕女免遭侵犯保全其處子之身者，將立即授予他騎士頭銜，但若拯救的仕女已非處子之身，他只會得到表揚，以及三個月的雙倍薪酬。

「你這麼說不但侮辱了我的騎士尊嚴，也冒犯了我當初仗劍護她周全的女子。」

「我沒有說錯。」

「證據呢？」

「索芙洛妮雅是我的母親！」

聖騎士紛紛驚呼出聲。所以托里斯蒙多這個年輕人不是科諾瓦亞公爵及公爵夫人的兒子？

「索芙洛妮雅二十年前生下我，她當時十三歲。」托里斯蒙多解釋道。「這是蘇格蘭王室的璽印。」他從胸口掏出掛在金鍊子上的一個圓形徽章。

查理曼大帝原本埋首大啖河蝦，這時候不得不抬起頭。「這位青年騎士，」他格外加重了語氣中的帝王威嚴。「你可知你說這番話的嚴重性？」

「我很清楚。」托里斯蒙多回答道。「對我的影響更甚於他人。」

現場鴉雀無聲。托里斯蒙多否認他與科諾瓦亞公爵的血緣關係，而當初不是家中長子的他多虧了公爵才會被授予騎士身分。如今他自曝為非婚生子，即便母親是有皇家血統的公主，也會失去騎士頭銜被逐出軍隊。

處境更艱難的是阿吉洛夫。在他遇到遭匪徒攻擊的索芙洛妮雅，出面搭救保護她不受侵犯之前，他是身穿白色盔甲周遊世界的無名戰士，或者應該說（後來大家都知道）他是一副裡面沒有人的白色空盔甲。由於他保全了索芙洛妮雅的清白，才被授予騎士頭銜。當時瑟林匹亞·契特里歐雷騎士這個稱號正好無人，便讓他補上這個空缺。他投身軍旅，以及後來得到的所有頭銜、軍階和姓名，都是因為那個事件。如果證實阿吉洛夫救下索芙洛妮雅時，她已非完璧之身，那麼他的騎士頭銜會被取消，他在那個事件之後所做的一切都不再被認可，不具任何效力，他的名字和頭銜也會作廢，他的功勳事蹟將跟他這個人一樣不復存在。

「我母親尚在荳蔻年華，就懷上了我。」托里斯蒙多說。「她擔心父母知道後會大發雷霆，便逃離皇宮，在蘇格蘭高地一帶流浪。她在荒郊野外幕天席地生下我，在英格蘭的田野樹林間四處漂泊撫養我到五歲。這些兒時記憶是我人生最美好的一段時光，因他闖入戛然而止。我記得那一天，母親讓我在我們住的山洞裡留守，她跟平日一樣去田裡偷水果，結果遇到兩名攔路土匪意圖非禮她，其實他們說不定會成為朋友，因為我母親常抱怨她很寂寞。但是這個空盔甲為了追求榮耀打跑了土匪，認出我母親出身王室之後，就護送她到最近的城堡，也就是科諾瓦亞公爵的城堡區，將她託付給公爵夫婦。我孤伶伶一個人留在山洞裡挨餓，我母親一有機會就向公爵夫婦坦言她有一個兒子，被迫遺棄在外。侍從舉著火把找到我將我帶去城堡。為了維護蘇格蘭王室的名聲，畢竟科諾瓦亞公爵也是王室分支，於是我被公爵夫婦收養當作自己兒子。我的生活既無趣又受到各種約束，所有貴族家庭中長子以外的孩子都是如此。我再也不能與我母親相見，她遁入一間遙遠的修道院裡發願當修女。這些虛偽謊言彷佛一座高山壓在我身上，硬生生扭轉了我的人生方向，直到今天。此刻我終於將真相說出來。不管未來發生什麼事，都比過去發生的事好。」

這時候端上了甜點，那是一個用多層淡雅顏色裝飾的海綿蛋糕。不過剛剛得知祕辛太過震驚，無人拿起叉子往嘴不起來的嘴裡送。

「你聽了這個故事，有什麼想法嗎？」查理曼大帝詢問阿吉洛夫的意見，大家都注意到他沒有用「騎士」這兩個字。

「一派胡言。索芙洛妮雅當時是個小女孩，若非她純真無瑕，我豈能獲賜姓名和榮耀。」

「你能證明嗎？」

「我會去找索芙洛妮雅。」

「你以為現在的她還跟十五年前一樣嗎？」阿斯托爾弗語帶揶揄。「我們的鑄鐵盔甲都沒辦法撐那麼久。」

「我將她託付給公爵後，她隨即就發願當了修女。」

「十五年啊，這些年下來，沒有哪一間基督教修道院能免於掠劫和驅離，每一名修女都至少還俗再重新發願四、五次……」

「貞操不保的前提是有人奪其貞操。我會找到那個人作證，釐清索芙洛妮雅尚是處子之身的日期。」

「你若急於出發，我允許你現在離席。」查理曼大帝說。「我想此刻你最在意的，莫過於面對他人質疑，捍衛你的名譽和頭銜。這個年輕人所言若屬實，我就無法讓你繼續留在軍隊裡，無論如何我都無法同意，即便不領軍餉也不行。」查理曼大帝言談間難掩他暗自竊喜的心情，彷彿在說：「看吧，我們找到擺脫這個麻煩人物的辦法了。」

那副白色盔甲整個俯身向前，這是他第一次讓人切實體會盔甲內空無一物。他的聲音幾不可聞：「是，陛下，我現在就去。」

「還有你，」查理曼大帝轉身對托里斯蒙多說。「你可知既然你宣稱自己為非婚生子，以你的出身就不能再擔任現在的軍職？你總知道自己的父親是誰吧？你希望他與你相認嗎？」

「我永遠無法與我父親相認……」

「那倒未必。每個男人到了某個年紀，都傾向於償還自己一生積欠的債。我就把我跟那些情婦生的孩子都認回來了，人數眾多，當然其中可能有幾個不是我的。」

「我的父親不是一個人。」

「那會是誰？難道是地獄魔王？」

「不是，陛下。」托里斯蒙多很冷靜。

「到底是誰？」

托里斯蒙多走了幾步來到宴會廳中央，單膝下跪，抬頭看著天空說：「是聖杯騎士團。」

大家竊竊私語。有幾名聖騎士在胸前劃十字。

「我母親小時候很調皮，」托里斯蒙多解釋道。「常常在城堡周圍的樹林深處奔跑嬉戲。有一天，她在密林中遇到幾名聖杯騎士，他們在那裡紮營，與世隔絕以便增進靈修。小女孩跟騎士們玩得很好，自那天起只要她能避開王室管控，就會到營地去找他們玩些幼稚的遊戲。短短時間內，她便懷孕了。」

查理曼大帝沉思片刻後說：「聖杯騎士都發過守貞誓願，他們永遠不會有人與你父子相認。」

「我也無此打算。」托里斯蒙多說。「我母親從未與我談及特定騎士，只教導我要像對父親一樣敬重整個騎士團。」

「既然如此，」查理曼大帝接著說。「騎士團並不受任何類似誓願約束，換言之，他們可以團體之名自承為某人之父。你若能找到聖杯騎士，讓騎士團以集體名義認你為子，因騎士團享有特殊地位，你的軍職可不受你是否出身貴族名門影響。」

「我即刻出發。」托里斯蒙多說。

當天晚上，在法蘭克軍營裡，阿吉洛夫仔細打理好他的行囊和坐騎，侍從古杜魯則隨手拿了被褥、馬刷、鍋具捆成一大包，擋住自己的視線，以至於出發時跟他的主人背道而馳，所有東西邊跑邊掉落一地。

沒有人來為離營的阿吉洛夫送行，除了馬廄的馬夫、雜役和打鐵匠。他們其實分不清這個和那個聖騎士，但是他們知道這個軍官最討人厭但也最不快樂。其他聖騎士以未被告知他的離營時間為藉口，沒有現身。不過阿吉洛夫離開宴會廳後沒再對任何人說過一句話，所以也不能說是藉口。大家對他離營一事未做議論，他的職務已重新分配以免無人管轄。對這名不存在騎士的缺席保持緘默是集體默契。

唯一有反應的，或者應該說情緒激動的，是布拉姐曼特。她奔回自己的營帳。「快！」她叫來女僕和侍從。「快點！」她把衣服、盔甲、長矛和馬具到處亂扔。「動作快！」她這麼急不是為了脫衣盥洗或發洩怒氣，而是為了理出秩序，為了讓東西歸位，才能動身出發。「你們快把東西收好，我要離開這裡，我要離開這裡，我一分鐘都不想再多留，他走了，他才是這個軍隊存在的意義，只有他才能讓我的生命和我打的這場戰爭有意義，現在軍隊裡只剩下酒鬼和暴徒組成的烏合之眾，包括我在內，人生無非是在床和棺材之間來回翻滾折騰，唯有他知道人生開始與結束的幾何奧祕、秩序和規則。」布拉姐曼特邊說邊把出征的盔甲和淡紫色長袍一一穿戴上身，沒多久便準備就緒翻身上馬，她全身上下都充滿男子氣概，唯獨少了真正女性化的女性才有的某種陽剛氣質。她催馬馳騁，躍過柵欄、營帳繩索和屠宰區，轉眼消失在高高揚起的沙塵中。

郎巴鐸看見那陣沙塵，拔腳就跑追在後面大喊：「你去哪裡？你去哪裡？布拉姐曼特，我在這裡，都是為了你，你居然走了！」那是墜入愛河的人執拗忿忿不平的心聲，彷彿在說：「我在這裡，我年輕，滿腔愛意，她怎麼能無動於衷，她為什麼不接受我，不愛我，我能給她的、想給她的難道還不夠？」怒火中燒讓他失去理智，就某個程度而言愛上她其實是愛自己，愛的是愛上她的自己，愛的是可能在一起的他們兩個，但他們並沒有在一起。怒氣沖沖的郎巴鐸奔向自己的營帳，準備好馬匹、武器和行囊，也動身出發，他之所以能在戰場上表現英勇是因為刀光劍影中能看見那名女子的唇，所有一切，包括受傷塵土馬騷味，只要她微微一笑，就消弭於無形。

托里斯蒙多在同一晚出發，他心情低落，但也充滿希望。他得找到那片樹林，兒時那片潮濕幽暗的樹林，他的母親，他住在山洞裡的日子，還有全副武裝圍坐在隱密營地篝火旁守夜情同兄弟的父親們，一身白衣，靜默不語，在茂密樹林裡，枝椏低垂幾乎觸碰到地衣，草地上長出永不見陽光的蕈菇。

查理曼大帝起身離開宴會時步履有些蹣跚，聽聞他們幾個突然離營的消息，一邊往皇家營帳方向走去一邊回想往日阿斯托爾弗、李納多、圭東・瑟瓦喬、奧蘭多離營執行的那些任務，後來都被寫入詩歌傳頌，如今根本叫不動這些老戰士，他們最多只願履行基本勤務。「去吧，他們還年輕，放手去做吧！」查理曼大帝是行動派，習慣於認為多動總是好的，只是不免像所有老年人一般萬千感慨，舊事物逐漸消逝的遺憾大過於對新事物來臨的期待。

第八章

書啊，夜幕低垂，我加快了寫書的速度，河邊除了嘩嘩水流聲不再有其他聲響，窗外蝙蝠無聲飛翔，幾隻狗在吠叫，乾草倉傳來嗡嗡說話聲。或許修道院院長幫我選擇以這個方式苦修並不差，偶爾我發現手中的筆在白紙上疾書，彷彿是它自作主張，而我只能跟隨其後。我跟筆一起追尋真相，我一直在等待真相能夠浮出紙面，但是我必須先克服我之所以被關在這裡苦修的懶散、不滿和怨恨，才能一筆一畫把真相寫出來。

我受夠了老鼠蹬蹬亂跑（修道院閣樓上鼠患嚴重），一陣風突然吹來讓窗砰一聲關上（每次都害我分神，匆匆跑去將窗重新打開），我也受夠了當故事的一個章節結束，或另一個章節開始，或只是換行書寫的時候，我手中的筆就變得如木樁般笨重，追尋真相之路看不到盡頭。

我接下來要描述阿吉洛夫和他的侍從在旅途中經過怎樣的地方，全都得在這一頁寫完，包括塵土滿天飛的大道、河流和小橋，還有阿吉洛夫騎著他的馬步伐輕盈，噠噠噠，沒有軀體的騎士不重，坐騎長途跋涉也不累，坐騎主人更不知疲累為何物。現在過橋的馬蹄聲卻異常沉重，咚咚咚！那是古杜魯，他整個人俯身向前抱著馬脖子，兩個腦袋瓜靠得如此近，分不清是馬用侍從的腦袋思考，還是侍從用馬的腦袋思考。我在紙上畫了一條直線，偶爾會因為某些轉角而中斷，那是阿吉洛夫的路線圖。另外一條線蜿蜒曲折，是古杜魯走的路徑，他看到蝴蝶飛，就立刻催馬跟在後面，彷彿自己不是坐在馬背上而是在蝴蝶背上，然後偏離道路，在草地上晃過來晃過去。阿吉洛夫都沿著既定路線，直線前進。有時候古杜魯偏離正軌的路徑會跟某些看不見的捷徑重疊（也或許是因為主人放任不理，他的坐騎索性自行選擇了某條路），東轉西轉，漂泊的古杜魯會重返走在大道上的主人身旁。

我打算在河岸邊安排一個磨坊，阿吉洛夫在這裡暫停問路。磨坊女主人客氣回應後拿出酒和麵包給他，他予以婉拒，只接受了馬的飼料。一路上塵土飛揚，艷陽高照，騎士都不會口渴，讓磨坊男女主人感到很詫異。

等阿吉洛夫離開後，喧鬧聲不輸整個軍團馬蹄雜沓接著趕來的是古杜魯。「你們有沒有見到我的主人？」

「你的主人是誰？」

「是一位騎士……呃，其實是一匹馬……」

「你的主人是一匹馬？」

「不是……聽那匹馬指揮的是我的馬……」

「那麼騎那匹馬的人是誰？」

「嗯……不知道。」

「那麼你的馬是誰在騎？」

「欸！你們得去問牠！」

「你也不需要吃的跟喝的？」

「要，我要！我要吃！也要喝！」古杜魯狼吞虎嚥。

我接下來要描述的是有防禦功能城牆環繞的一座城。阿吉洛夫必須穿過這座城。看管城門的守衛要他露出臉來，他們接到命令，不得讓任何蒙面者入城，因為有可能是在附近橫行作惡的盜匪。阿吉洛夫拒絕要求，跟守衛兵刃相見，強行通過後加快腳步逃逸。

在這座城之後，我要勾勒的是一座森林。阿吉洛夫在森林裡完成全面搜查後，擄了令人聞之喪膽的歹徒賊窩，繳械後將人綑綁起來拖到之前不讓他進城的守衛面前。「讓你們心生畏懼的就是這群蠢蛋！」

「啊，白騎士，願主賜福與您！請告訴我們您的大名，您為何不肯揭開面甲？」

「當我走到旅途盡頭，就能得知我的名。」阿吉洛夫說完便匆匆離開。

城裡有人說他是天使，有人說他是煉獄中的魂。「他的馬跑起來很輕盈。」有人這麼說。「彷彿馬鞍上沒有人。」

森林外緣有另一條路切過，這條路也通往那座城。這是布拉姐曼特走的路。她對城裡的人說：「我在尋找一名身穿白色盔甲的騎士，我知道他在這裡。」

「不，他不在。」城裡的人回答她。

「如果他不在，那麼他就是我要找的人沒錯。」

「你去他在的地方找他吧。他已經離開這裡了。」

「你們真的看到他了？那副白色盔甲看起來好像裡面有人……」

「不是人還能是什麼？」

「他比其他任何一個人都更了不起！」

「聽你在胡說八道。」一名老者說。「還有你，你作為騎士，聲音太過柔媚！」

布拉姮曼特策馬離開。

沒過多久，郎巴鐸在城中廣場上拉緊韁繩讓馬停下來。「你們有沒有看到一名騎士經過？」

「哪個騎士？這裡來過兩名騎士，你是第三個。」

「追在另一名騎士後面的那位騎士。」

「其中一個真的不是人？」

「第二個是女的。」

「那麼第一個呢？」

「什麼都不是。」

「那你呢？」

「我？我……我是人。」

「廢話！」

古杜魯騎馬跟在阿吉洛夫後面。一名披頭散髮、衣衫不整的少女狂奔而來，撲向前跪下。阿吉洛夫勒住馬。「救命，尊貴的騎士，」少女懇求他。「半英里外有熊群包圍了我夫人，寡居的普里希拉夫人的城堡。城堡裡只有幾個手無寸鐵的女子，現在進不去也出不來。我是用繩索綁在城垛處垂降下來的，我能逃過那些猛獸的利爪實屬奇蹟。騎士大人，請您救救我們！」

「為寡婦和手無寸鐵的弱者仗義，是我這把劍永遠不變的使命。」阿吉洛夫說。「古杜魯，你扶這位女子上馬，請她為我們指路前往她主人的城堡。」

他們走在一條陡峭的山徑上，古杜魯在前面領路但是完全沒有在看路：坐在他懷中的女子破爛衣衫下粉嫩飽滿的胸脯呼之欲出，他覺得自己頭很暈。

女子轉頭看著阿吉洛夫說：「你的主人舉止很高雅。」

「嗯，嗯。」古杜魯一邊回答一邊把手伸向那溫暖的胸脯。

「他的每句話、每個動作都那麼自信且自豪……」她說話的時候，眼睛始終盯著阿吉洛夫看。

「嗯。」古杜魯一邊回答一邊把韁繩套在手腕上，用兩隻手去感受一個人怎麼能夠既強悍又如此柔軟。

「還有他的聲音，」她說。「很尖銳，有一種金屬感……」

古杜魯只悶哼了一聲作為回應，因為他沉醉在那名少女肩頸間的馨香之中。

「我的主人若能因他伸出援手從熊群中脫困不知道會多高興……噢，我真羨慕她……。天啊，我們走錯路了！這位侍從，你怎麼回事，你心不在焉啊？」

走到某個轉角處，有一名隱士拿著碗在乞討。阿吉洛夫每次遇到有人乞討都固定施捨對方三塊錢，因此他停下來翻找行囊。

「願主賜福與您，騎士大人。」隱士把錢收進口袋，對阿吉洛夫比了一個手勢，讓他附耳過來。「為了報答您，我得提醒您：小心那個寡婦普里希拉夫人！她被熊圍困這個說法是個陷阱，熊是她養的，就是為了讓經過這條大道的英勇騎士去救她，將人誘入城堡，以滿足她貪得無厭的情慾。」

「或許您說得沒錯，」阿吉洛夫回答道。「但我身為騎士無法對向我正式求救的淚眼婆娑女子視而不見，那未免太失禮。」

「您不擔心慾火焚身？」

阿吉洛夫有些尷尬。「那個，我會留意……」

「您可知一名騎士在那個城堡過夜後，會有何種下場？」

「何種下場？」

「您眼前這樣。我原本也是騎士，我也去拯救了被熊圍困的普里希拉，然後變成現在這樣。」隱士確實形容狼狽。

「我會以您為戒，弟兄，但我得去面對挑戰。」阿吉洛夫策馬前進，趕上古杜魯和女僕。

「我真不懂這些隱士怎麼這麼愛八卦，」那名少女對他說。「隱士比神職人員或一般世俗之人更愛嚼舌根，愛說人家壞話。」

「這一帶有很多隱士嗎？」

「多得是。而且不斷有新人加入。」

「我不會變成他們的。」阿吉洛夫說。「我們加快腳步吧。」

「我聽見熊的叫聲了。」少女驚呼道。「我怕！讓我下去，我要去躲在那個矮樹叢後面。」

阿吉洛夫衝進城堡矗立的那片空地，四周全是黑黝黝的熊。牠們看到馬匹和騎士，紛紛露出獠牙聚集起來擋住他的去路。阿吉洛夫掄動長矛往前衝，有熊被刺傷，有熊被驚嚇，有熊被推擠。古杜魯騎馬趕上來舉著標槍追逐黑熊。十分鐘後，除了多隻倒地不起彷彿一張張地毯的黑熊外，其他黑熊全都逃竄到樹林深處躲藏。

城堡大門打開了。「高貴的騎士，希望我的款待能報答您的恩情。」普里希拉出現在城門口，身旁有貴婦和女僕環繞。（先前為阿吉洛夫二人帶路的少女也在其列，不知道她如何返回城堡，而且已經換下破爛衣衫，穿上乾淨漂亮的圍裙。）

阿吉洛夫進入城堡，古杜魯跟在後面。寡婦普里希拉婦人個子不高，也不胖，身材勻稱，胸脯並不雄偉但也頗為可觀，一雙黑色眼眸明亮靈動，是個有故事的女人。她在那裡，站在阿吉洛夫白色盔甲前面，滿心歡喜。騎士神情嚴肅，但靦腆。

「圭迪維尼家族的阿吉洛夫．艾莫．貝特朗迪諾騎士！」普里希拉說。「久仰大名，我知道您是誰，也知道您不是誰。」

阿吉洛夫聽到她這麼說，似乎放下戒備，拋開靦腆，多了一分怡然自得。於是他彎下腰，單膝下跪，開口說：「聽候差遣。」隨即站起身來。

「我常常聽人談到您，」普里希拉說。「我一直期盼與您相見。是什麼機緣讓您來到如此偏遠的地方？」

「我這趟旅行，」阿吉洛夫說。「是為了尋找十五年前一位貞女，時間不等人。」

「我從未聽聞如此奇特的騎士任務。」普里希拉說。「不過既然已經過了十五年，我就大膽再多耽擱您一個晚上，請您成為我城堡的座上賓。」她走到他的身旁。

其他女子都盯著他看，直到他跟城堡女主人走過一個又一個大廳消失後，她們便轉向古杜魯。

「哎呀，這個侍從身材挺結實的！」她們拍著手說。古杜魯像個傻瓜站在那裡，抓了抓癢。「可惜他身上有跳蚤又很臭！」她們說。「來，快點，我們來幫他洗乾淨！」然後帶古杜魯去了她們的房間，把他脫個精光。

普里希拉則帶著阿吉洛夫走到已經布置好的雙人餐桌旁。「騎士大人，我知道您向來節制，」她對他說。「但是除了邀請您在此入座外，我不知道該從何處著手向您表達敬意。當然，」她狡黠地補充說。「我想要對您表達的感激之情，並不限於餐桌。」

阿吉洛夫向這位城堡女主人道謝，在她對面入座，捏了一小塊麵包在指間，沉默片刻後，清了清喉嚨，開始跟普里希拉閒聊。

「夫人，一個四處流浪的騎士注定會有奇特又坎坷的遭遇。這些遭遇可以分為不同類別。第一個……」他說話時態度親切，用字精準，見聞廣博，有時候給人感覺他過於吹毛求疵，但他口若懸河立刻轉換話題又修正了這個印象，嚴肅但不失詼諧，時而穿插高品味笑話，他對人和事的看法不會太討好也不會太負面，面對眼前的談話對象也是如此，為了讓普里希拉有機會表達意見，會殷勤詢問鼓勵她發言。

「您真是一個討人喜歡的談話對象。」普里希拉心情愉悅。

突然間滔滔不絕的阿吉洛夫又在轉瞬間陷入沉默。

「開始獻唱吧。」普里希拉拍了拍手。抱著魯特琴的樂手走進來，其中一名女子負責起音，「獨角獸會來採玫瑰」，另一個應和，「茉莉花，請你妝點這美麗的靠墊」。

阿吉洛夫開口稱讚琴聲和歌聲。

一群少女跳著舞進場，她們穿著輕薄的長衫，頭上戴著花環。阿吉洛夫用他擱在桌上的盔甲手套跟著舞步打節拍。

城堡另一側的貴婦和女僕們同樣在熱情跳舞，幾個衣衫不整的年輕女子在玩球，一直力邀古杜魯下場跟她們一起玩。古杜魯穿著她們借給他的一件短衫，沒有站在原地等別人把球傳給他，而是追著球跑，努力想要拿下球的控制權，他一下撲向這個少女，一下撲向那個少女，在混戰中他常常會得到靈感，便跟女子倒在周圍四散的柔軟沙發上滾來滾去。

「喂，你幹嘛？不行，不行，你這個蠢蛋！你們看他在對我做什麼，不行啦，我要玩球，哈哈哈！」

古杜魯一頭霧水。她們給他洗了一個熱水澡，那些粉嫩的白花花的肉體加上各種香氣縈繞，他現在一心只想要讓自己融化在那片芬芳之中。

「啊，啊，他又來了，我的媽啊，喂你給我聽好，啊啊啊……」

其他女子彷彿什麼事都沒發生繼續玩球，她們邊開玩笑邊唱歌邊哈哈大笑：「飛啊飛，高掛在空中的月亮飛啊飛……」

被古杜魯抓到一旁的少女拉長聲音尖叫完畢後回到同伴身旁，臉有點漲紅，有點不知所措，一邊笑一邊拍手說：「來，來，把球傳給我！」就接著玩了起來。

沒過多久，古杜魯又趴在另一名少女身上滾來滾去。

「走開，嘖，你好討厭，你急什麼，不要，你弄痛我了，哎呀……」但她還是順從了。

其他沒有參加遊戲的女子和少女坐在長凳上聊天：

「……因為費洛美娜，你們也知道，她嫉妒克拉拉，可是……」她被古杜魯摟住腰。「哎，你嚇我一跳！……我剛才說到一半，可是威利傑摩好像在跟愛烏菲米雅交往……你要帶我去哪裡？」古杜魯把她扛到肩膀上。「……你們聽懂了嗎？那個笨蛋還一天到晚吃醋……」掛在古杜魯肩膀上的女子繼續比手畫腳說個不停，直到消失在眾人眼前。

不久之後，披頭散髮的她回來，一邊肩帶被扯斷了，她按著肩帶照樣喋喋不休：「真的是這樣，我跟你們說，費洛美娜去找克拉拉大鬧了一場，結果那個傢伙……」

宴會廳裡的舞者和樂手已經退下。阿吉洛夫長篇大論將查理曼大帝的樂師最常演奏的曲子一一羅列出來說給普里希拉聽。

「天色已暗。」普里希拉說。

「夜深了。」阿吉洛夫附和道。

「我為您準備的房間……」

「謝謝。您聽庭院裡夜鶯在歌唱。」

「我為您準備的房間……是我的房間……」

「您熱情款待無微不至……夜鶯在那株橡樹上唱歌。我們靠近窗邊聆聽吧。」

阿吉洛夫站起身來，向普里希拉伸出他的鐵手臂，一起走向窗臺。夜鶯婉轉啾鳴讓他想起許多詩歌和神話故事。

普里希拉打斷他的思緒：「夜鶯是為了愛情而唱。我們……」

「啊！愛情！」阿吉洛夫突然驚呼讓普里希拉嚇一跳，而他卻若無其事就愛情議題侃侃而談。普里希拉慢慢靠近他，倚在他的臂膀上，將他帶向有一張華蓋大床的房間裡。

「古人將愛情視為神祇……」阿吉洛夫滔滔不絕說個不停。

普里希拉將鑰匙轉了兩圈把門鎖上，走向阿吉洛夫，低頭靠在盔甲上，開口說：

「我有點冷，壁爐的火熄了。」

「古人對於……」阿吉洛夫說。「在寒冷的房間裡交歡是否比在暖和的房間裡更好，意見分歧。不過大多數人的建議是……」

「噢，您對愛情的見解真透徹……」普里希拉低聲說。

「大多數人的建議是，以維持合宜的溫度為佳，但要避免悶熱……」

「所以我該叫人來生火嗎？」

「我來就好。」阿吉洛夫檢查堆在壁爐裡的柴薪，稱許這塊和那塊木柴燒起來會很美，細數在戶外和室內生火的不同方式。普里希拉嘆了一口氣打斷他，他似乎意識到這個新話題讓原本正在醞釀的綿綿情意蕩然無存。阿吉洛夫連忙調整話題，轉而談情感和感官熱度與火燄之間的對照與聯想。

普里希拉瞇著眼睛微笑，把手伸向嗶啵作響的壁爐火苗，她說：「這麼暖和好舒服喔……如果能躺在被窩裡享受這一切該有多甜蜜……」

床這個話題讓阿吉洛夫展開一系列全新論述：他認為全法蘭克王國的女僕都不懂鋪床這一門高深藝術，因此就連貴族家裡的床也鋪得亂七八糟。

「不會吧，那麼您說說看，我的床是不是也……？」寡居的普里希拉夫人問他。

「您的床堪比王后的床，與國內任何一張床相比都完美無瑕，只不過我希望您身邊每樣東西從裡到外都配得上您，因此我對這道摺痕感到焦慮……」

「啊，有摺痕！」普里希拉驚呼一聲，她也被阿吉洛夫的吹毛求疵感染。

他們聯手把床單一層層揭開，一邊發現一邊抱怨那些小小的突起和皺褶，哪裡拉得太緊或太鬆，這個尋找過程有時候是一種惱人的折磨，有時候則像是在空中徜徉越飛越高。

他們把整張床徹底清空後，阿吉洛夫開始按照規則重新鋪床。那是一項精心策畫的大工程，沒有任何動作可以隨意為之，每一個不為人知的要訣都必須如實執行完成。他一邊做一邊鉅細靡遺解釋給普里希拉聽。時不時出現一些讓他不滿意的問題，他就從頭來過。

城堡其他地方傳來一聲嘶吼，或應該說，是情不自禁發出的呻吟或嗷叫聲。

「怎麼回事？」普里希拉嚇一跳。

「沒事，那是我侍從的聲音。」阿吉洛夫說。

嘶吼聲中還加入了其他更刺耳的聲音，那一聲聲尖叫喘息彷彿直上雲霄。

「這又是怎麼回事？」阿吉洛夫問。

「哦，是那些女孩，」普里希拉說。「她們在玩……你知道的，年輕人嘛。」

他們繼續鋪床，偶爾豎起耳朵聽那些暗夜裡的聲響。

「是古杜魯在喊……」

「這些女人可真吵……」

「是夜鶯……」

「是蟋蟀……」

床鋪好了，無懈可擊。阿吉洛夫回頭看向普里希拉，她一絲不掛，衣服散落一地。

「若想體驗最極致的感官刺激，」阿吉洛夫說。「通常會建議裸體的仕女們擁抱穿著盔甲的戰士。」

「這不用你來教我！」普里希拉說。「我又不是涉世未深的小女孩！」話一說完，她就跳起來攀爬到阿吉洛夫身上，手腳並用緊緊抱住那副盔甲。

普里希拉試了又試，在嘗試過各種擁抱盔甲的方式之後，她無精打采地爬上床。

阿吉洛夫跪在墊枕上，對她說：「您的頭髮。」

普里希拉衣衫盡褪，但沒有把她高高梳起的棕色髮髻解開。阿吉洛夫想要闡述頭髮披散在感官體驗中扮演什麼樣的角色。「我們試試看。」

他那雙鐵手俐落輕巧地解開用髮辮堆成的雲髻後讓頭髮垂在她的胸前和肩膀上。

「不過，」他接著說。「喜歡女子赤身裸體，但頭髮必須梳得一絲不苟，甚至還要配戴頭紗和頭冠的那些男人，實在是居心叵測。」

「我們重梳？」

「我來幫你梳。」他梳理完頭髮，展現了他編辮子、旋轉然後用髮夾固定在頭頂上的才能，之後再用頭紗和珠寶為她做了一個華麗的髮型。一個鐘頭過去，當阿吉洛夫將鏡子遞給普里希拉，她看到了前所未見的美麗的自己。

她讓阿吉洛夫在她身邊躺下。「據說埃及豔后克麗奧佩脫拉，」她對他說。「每天晚上都夢見自己床上有一名穿著盔甲的戰士。」

「我沒有遇過，」她坦承說。「因為每一個戰士都急吼吼地脫下身上盔甲。」

「你現在可以試試看。」阿吉洛夫全副武裝在床上慢慢躺下，沒有弄皺床單，姿勢端正拘謹，彷彿躺在墓穴裡。

「不把腰帶上的佩劍解下來嗎？」

「愛情不容一絲妥協。」

普里希拉閉上眼睛，充滿期待。

阿吉洛夫用手肘撐起上半身。「爐火在冒煙，我起來看看為何壁爐燒不旺。」

窗外月亮露臉。阿吉洛夫從壁爐往床邊走到一半停下來：「夫人，我們去城牆上欣賞遲來的月光吧。」

他用斗篷將她裹起來，兩人交纏著爬上塔樓。月光給森林鍍上一層銀色，角鴞在月光下鳴唱。城堡裡還有幾扇窗亮著燈，不時傳出古杜魯吶喊、大笑、呻吟和嗷叫的聲音。

「大自然即是愛……」

回到臥房時，爐火已經快要熄滅，他們蹲下身對著餘燼吹氣。兩個人挨得很近，普里希拉的粉嫩膝蓋輕觸阿吉洛夫的金屬膝甲，一種全新的、更純真的親密感油然而生。

普里希拉躺回床上的時候，第一道晨光已經照進窗戶。「能讓女子臉龐容光煥發的，莫過於拂曉晨光。」阿吉洛夫這麼說，為了讓她的臉能浸淫在最好的光線中，他不得不搬動那張華蓋床。

「我怎麼樣？」她問。

「美極了。」

普里希拉很快樂。可惜太陽爬得太快，她跟不上陽光。阿吉洛夫只好繼續搬動那張床。

「天亮了。」阿吉洛夫的語氣一變。「身為騎士的我此刻應該上路了。」

「這麼快！」普里希拉語帶哽咽。「偏偏在這個時候！」

「我也很難過，夫人，但我有重要任務在身。」

「唉，如此美好的夜晚……」

阿吉洛夫屈膝行禮。「普里希拉，請你賜與我祝福。」他一站起身，便開始呼喚他的侍從古杜魯。找遍整座城堡後，終於在一處狗園找到筋疲力竭睡死的他。「快，上馬了！」阿吉洛夫不得不把他整個人扛上馬背。太陽繼續爬升，照在騎馬踏著森林裡金黃樹葉前進的兩個人影身上。侍從像個搖搖欲墜的麻布袋，騎士筆直的坐姿彷彿楊柳樹纖細的樹影。

城堡裡的貴婦和女僕都圍著普里希拉。

「怎麼樣，主人，昨晚怎麼樣？」

「哎呀，你們知道，就那樣！男人就是男人……」

「您說啊，快告訴我們，到底怎麼樣？」

「男人啊……男人……一整晚不停，宛如天堂……」

「他到底做了什麼？他做了什麼？」

「這要怎麼說呢？反正很美好，非常美好……」

「全部都很好？還是……您說說看嘛……」

「我也不知道怎麼說……發生那麼多事……倒是你們，跟那個侍從……？」

「啊？哦，沒什麼啦，我不知道，是你吧？才不是，是你！什麼啦，我不記得了……」

「怎麼可能？親愛的，大家都聽見了……」

「哎呀，不知道啦，那可憐的傢伙，我都不記得了，既然我記不得，那你……算了啦，說我幹嘛？主人，你跟我們說說那位騎士嘛，阿吉洛夫是什麼樣的人？」

「呵，阿吉洛夫！」

第九章

以字跡模糊難辨文件上記載的一則古老編年史紀為依據撰寫這本書的我到此刻才意識到儘管我已寫滿一頁又一頁的文字，卻依然在這個故事的開頭。故事現在才真正展開：阿吉洛夫和他的侍從歷經種種危難四處尋找索芙洛妮雅當年是貞女的證明，他們的行進路線與尾隨在其後也被人尾隨在後的布拉妲曼特、墜入愛河的郎巴鐸及尋找聖杯騎士的托里斯蒙多的行進路線交錯。然而這條思路並未在我指間化為行雲流水般的文字，反而放慢了速度，卡住不動，光想到得花多少筆墨才能把那些路徑、阻礙、你追我跑、爾虞我詐、決鬥和比武寫出來，我就滿心迷惘。修道院抄寫員的嚴謹自律、挖空心思斟酌言語自我折磨和思索事物的最終本質都改變了我：包括今日的我在內的大眾，咸認為最有趣的，莫過於每一本騎士文學作品中高潮迭起的冒險犯難情節，但如今在我看來那些不過是虛矯的裝飾，無意義的點綴，是我最吃力不討好的額外負荷。

我想要下筆如飛，越快越好，我想要每一頁都有足夠的決鬥和戰役故事以符合史詩作品的需求，但我只要一停筆回頭閱讀就發現我的筆並未在紙上留下任何痕跡，書頁一片空白。

要想寫出我想寫的故事，這些空白書頁內必須有一片淡紅色的峭壁懸崖，分解為厚厚一層卵石，長出粗硬的杜松。一條若隱若現的小徑蜿蜒其中，我會讓阿吉洛夫從這裡經過，讓他挺直腰桿坐在馬背上，手握長矛蓄勢待發。除了峭壁之外，這一頁還得同時籠罩在扁平的天穹下，那天穹如此低矮，只留下嘎嘎叫的烏鴉飛舞的空間。如果下筆很輕很輕，我想我應該能在紙上用筆刻畫出草地上一條看不見的蛇在草叢間爬行的路徑，以及一隻野兔突然從暗處現身穿越荒原，牠停下腳步，抽動兩頰短鬚嗅聞四周，然後消失無蹤。

光滑書頁上每樣東西都在移動但肉眼不可見，紙張表面沒有任何改變，就像凹凸不平地殼看似平靜無波實則底層湧動不休，因為延展開來的只有單一物質，正如同我下筆書寫的這頁紙張，它收縮並凝結成不同形狀和稠密度和深淺顏色，看起來卻像是平坦表面上的塗層，即便有結塊的絨毛或羽毛或如龜殼般的節瘤，而且這些絨毛團或羽毛團或硬塊有時候好像在動，亦即分布在那延展開來的單一物質周圍的不同特質之間的關係有所改變，但本質上一切並無異動。我們可以說唯一異動的是阿吉洛夫，我說的不是他的馬，不是他的盔甲，而是那個孤單的、為自己感到憂心的、焦躁的、穿著盔甲騎馬旅行的某個東西。他周圍有松果從枝頭掉落，有溪水在卵石間奔流，有魚兒在水中游，有毛毛蟲在啃食樹葉，有烏龜以堅硬腹部貼著地面費力爬行，但那些律動只是幻覺，就像波浪反覆來回滾動。在這波浪中反覆來回滾動、身上綁著大包小包的古杜魯，也跟松果小魚毛毛蟲卵石和樹葉一樣，單純只是地殼上的凸出物。

對我而言更困難的是在紙上畫出布拉妲曼特、郎巴鐸或陰鬱的托里斯蒙多的路徑！在那平滑表面上只能輕拂而過，才有宛如針尖從紙張背面划行的效果，而這個輕拂和划行無不是為了勾勒那無奇不有的大千世界，畢竟那裡才是意義、美好和傷痛之所在，也是摩擦和律動真正發生的地方。

但若我如此破壞空白書頁，在上面製造皺褶和刮痕，挖掘出山谷和溝壑，讓聖騎士在其中縱馬疾行，又怎麼能夠推動故事往前進呢？要想好好說故事，或許我應該畫一張地圖，上頭有美好的法蘭克王國、剽悍的布列塔尼、黑潮洶湧的英吉利海峽、蘇格蘭高地、陡峭的庇里牛斯山脈，以及還在異教徒手中的西班牙和蛇的故鄉非洲，然後用箭頭、叉號和數字把這位或那位英雄的行進路徑標示出來。如此我就能讓阿吉洛夫走一條雖有數個彎道但堪稱快捷的路線抵達英格蘭，直奔十五年前索芙洛妮雅隱居的修道院。

他到達修道院後只見一片廢墟。

「尊貴的騎士，您來晚了。」一名老者說。「那些不幸女子的尖叫聲至今還在這片山谷中迴蕩。不久前一群摩爾海盜在附近海岸登陸，將修道院洗劫一空，把所有修女當成女奴擄走，還放火燒了房子。」

「把人擄走？擄去哪裡？」

「大人，女奴應該會賣去摩洛哥。」

「修女中是否有原是蘇格蘭國王女兒的索芙洛妮雅？」

「您是說帕爾米拉修女吧！被擄走的是否有她？那群惡棍直接把她扛在肩膀上帶走了！她雖然不年輕，還依然頗有姿色。我現在還記得，她被那些醜八怪抓住時聲嘶力竭的樣子。」

「海盜打劫的時候，你們在現場？」

「哎呀，我們村裡的人，想也知道，沒事就待在廣場上。」

「你們沒去救援？」

「救誰？大人，您說吧，事發突然……我們沒有人指揮，又缺乏經驗……在採取行動和行動失敗之間我們選擇了不行動。」

「請告訴我，這位索芙洛妮雅在修道院裡，是否過著虔誠的生活？」

「這年頭的修女形形色色，但是帕爾米拉修女是全教區最虔誠且守貞潔的修女。」

「古杜魯，快，我們得趕到港口搭船去摩洛哥。」

我將這些紀錄下來的一行行起伏文字是海，是大洋。我再畫一艘船讓阿吉洛夫繼續他的旅行，那邊還要畫條巨鯨，再加上渦狀花飾和「海，大洋」字樣。這個箭頭標示的是船隻航行方向。我還可以再加一個箭頭，標示鯨魚的行進方向。你看，這兩條線交會，換言之，鯨魚和船將在這片海洋中相撞。由於我把鯨魚畫得比較大，那艘船勢必會落於下風。我又畫了許多指往四面八方的交錯的箭頭暗示鯨魚和那艘船在這個位置展開血腥廝殺。身為騎士的阿吉洛夫自然也投入作戰，將他的矛刺入巨鯨側腹。一股令人作嘔的鯨魚油噴出來潑了他一身，我用幾條分叉的線示意。古杜魯跳到鯨魚身上，把船拋諸腦後。魚尾一甩，船隻翻覆，穿著鐵製盔甲的阿吉洛夫直線沉沒。在被海浪完全淹沒之前，他對侍從大喊道：「我們摩洛哥見！我走路去！」

阿吉洛夫下沉了不知道多少海浬後，雙腳踏上海底沙地，開始大步前進。他常常遇到海怪，便出劍捍衛自己。你們也知道盔甲在深海中唯一的麻煩是什麼：生鏽。不過之前阿吉洛夫從頭到腳都被噴了鯨魚油，在這副白色盔甲上形同一層防護，能維持它原狀完好無損。

我在那片海洋中加畫了一隻烏龜。古杜魯吞完一品脫海水後才明白應該是他要在海中徜徉而不是大海在他腹中徜徉。他好不容易抓住一隻碩大海龜的殼，有時任憑海龜帶著他前進，有時則掐著海龜臉頰試圖指揮方向。他游向非洲海岸，落入薩拉森異教徒漁夫的捕魚網裡。

漁夫將捕魚網拖上岸，發現活跳跳的鯛魚群中還有一個全身被海草覆蓋、衣服長了黴的男人。「人魚！是人魚！」他們大叫大嚷。

「什麼人魚，是古迪烏蘇伏！」漁夫頭子說。「他是古迪烏蘇伏，我認識他。」

古迪烏蘇伏是古杜魯之前不知不覺越線跑到蘇丹軍營後，在廚房工作時被大家取的其中一個名字。那漁夫頭子原先是駐紮在西班牙的摩爾軍隊士兵，他知道古杜魯體格強健性情溫和，便帶著他一起捕撈牡蠣。

一天晚上，古杜魯跟其他漁夫坐在摩洛哥海岸邊的石頭上，將捕撈到的牡蠣一一撬開，海面上突然冒出盔冠上的羽飾，再露出頭盔、鎧甲，隨後出現一副行走的完整盔甲，步履穩健走上岸。「龍蝦人！龍蝦人！」漁夫驚慌尖叫四散奔跑躲在礁石間。

「什麼龍蝦人！」古杜魯說。「他是我的主人！騎士大人，您累壞了吧，走了那麼多路！」

「我一點都不累。」阿吉洛夫回答道。「你呢，你在這裡做什麼？」

「我們在為蘇丹找珍珠。」那位前摩爾士兵插嘴道。「他每晚都要送一顆新珍珠給不同妻子。」

蘇丹有三百六十五個妻子，每晚見一個，所以每個妻子每年只能見他一次。他每去見一個妻子，都會帶一顆珍珠當禮物，所以商人每天都要獻上一顆全新的珍珠。然而那天商人的珍珠備貨告罄，只好來找漁夫請他們不計代價一定要弄到一顆珍珠。

「您既然可以毫無困難在海底行走，」前摩爾士兵對阿吉洛夫說。「何不加入我們的牡蠣生意？」

「我們騎士不會參加任何以營利為目的的活動，更何況是與我信仰的宗教為敵的異教徒經營的生意。謝謝你們救了我的侍從供他溫飽，不過你們的蘇丹今天晚上有沒有珍珠可以送給他的第三百六十五個妻子，我一點都不在乎。」

「我們很在乎，沒有珍珠，我們就要挨鞭子了。」漁夫頭子說。「今天晚上跟之前不一樣。今天輪到的是新娘子，蘇丹第一次見她。她是一年前從一群海盜手中買來的，直至今天才輪到她。如果蘇丹空手去見她恐怕太失禮，畢竟她是你們的教友，來自蘇格蘭的索芙洛妮雅，皇室血脈，被當作女奴帶來摩洛哥，隨即收入我們蘇丹的後宮。」

阿吉洛夫難掩激動。「我教你們如何擺脫困境。」他說。「讓商人向蘇丹提議不送珍珠，改送可以安撫新娘子鄉愁的另一個禮物：基督教戰士穿的整副盔甲。」

「我們要去哪裡找這樣一副盔甲？」

「就我這副！」阿吉洛夫說。

索芙洛妮雅在嬪妃們住的後宮等待夜幕降臨。她透過窗戶的尖拱形格柵望向花園裡的棕櫚樹、水缸和花壇。太陽漸漸西下，清真寺宣禮師高聲召喚穆斯林拜禱，花園裡香氣撲鼻的花朵在夕陽中一一綻放。

有人敲門。時辰到了！不，來者是平日那幾名宦官，他們帶來蘇丹的禮物。那是一副盔甲，白色的盔甲，不知有何用意。宦官離開後，索芙洛妮雅又坐回窗邊。她來此將近一年。剛被買來當新娘時，接替的是不久前被休棄的一名妻子空缺，要等超過十一個月才會輪到她被蘇丹召幸。她待在後宮無所事事，日復一日，比修道院的日子還難熬。

「別怕，尊貴的索芙洛妮雅，」背後突然有人出聲。她轉過身去，發現是那副盔甲在說話。「我是圭迪維尼家族的阿吉洛夫，之前曾出手相救保住了您的貞操。」

「救命啊！」這位蘇丹新娘嚇了一跳。但她隨即恢復鎮靜：「哎，難怪我覺得這副白色盔甲有些眼熟。多年前，是您及時趕到，讓我免遭強盜凌辱……」

「這次我依然及時趕到，讓您免受與異教徒成婚之辱。」

「哎……每次都是您，您真是……」

「現在，在這把劍的庇護下，我會陪您離開蘇丹統治的國度。」

「噢……太好了……」

當那些宦官前來宣告蘇丹駕到時，全被阿吉洛夫一劍封喉。索芙洛妮雅裹著斗篷，在騎士隨行護送下跑過一座又一座花園。負責傳譯的摩爾人紛紛示警。沉重彎刀遇到白盔甲戰士靈巧精準的長劍難以施展，騎士的盾牌也成功擋住了一小隊士兵的長矛攻擊。古杜魯帶著馬匹等在一株仙人掌後方，港口則有一艘三桅小帆船準備就緒駛向基督教世界。索芙洛妮雅站在甲板上看著沙灘棕櫚樹越來越遠。

我現在要在這片大海中畫出一艘三桅帆船，得比先前那艘船略大，這樣就算遇到鯨魚也不會發生災難。這條弧線是三桅帆船的航行路線，我想讓他們在聖馬洛港靠岸。麻煩的是比斯開灣附近的線條已經交錯夾纏亂成一團，最好讓這艘帆船靠這邊航行，往北邊挪一點，再往北一點，結果撞上了布列塔尼外的暗礁！帆船遭遇海難沉沒，阿吉洛夫和古杜魯好不容易將索芙洛妮雅救上岸。

索芙洛妮雅累壞了。阿吉洛夫決定讓她藏在一處洞穴裡，他則跟侍從趕去查理曼大帝軍營稟報她依然有貞潔之身，因此他可以保住自己的名。我現在要在布列塔尼海岸邊洞穴的位置畫一個叉，以便之後能找到她。我不知道另一條經過此處的線是什麼，因為紙上被我畫滿了無數條錯綜複雜的線。噢，原來那是標示托里斯蒙多路徑的線。換言之，那位憂心忡忡的年輕人正好會經過索芙洛妮雅休息的洞穴。他會靠近洞穴，走進洞穴，看見她。

第十章

托里斯蒙多，是怎麼去到那裡的？當阿吉洛夫從法蘭克王國去到英格蘭，從英格蘭去到非洲，再從非洲去到布列塔尼，這位科諾瓦亞公爵家族的身分不明青年騎士則走遍了基督教世界的森林，尋找聖杯騎士的祕密紮營地。由於這個騎士團每年更換地點，而且從不向外人洩漏蹤跡，托里斯蒙多在旅程中找不到任何線索。他隨興而行，追尋一個遙不可及的感覺，那感覺跟聖杯之名同樣縹緲。克里斯蒙多尋覓的究竟是那個虔誠的騎士團，抑或是他記憶中在蘇格蘭荒地上渡過的童年時光？有時候他乍然看見有著黑壓壓落葉松林的山谷，或灰岩峭壁下方湍流激濺出白色泡沫，都讓他心中感到莫名激動，好像受到某種提示。「等等，他們有可能在這裡，就在不遠處。」如果從某個方向遠遠傳來低沉的號角聲，那麼托里斯蒙多就會更篤定，向一個個山谷展開全面搜索尋找蛛絲馬跡。然而除了遇到幾個迷路的獵人或放羊的牧人外，他一無所獲。

托里斯蒙多來到偏遠的庫瓦爾迪亞，在某個村落停下腳步向村民請求施捨一些乳酪和黑麵包。

「少爺，我們也想分享給您，」一名牧羊人說。「可是您看看我、我妻子和孩子們全都瘦骨如柴！我們奉獻給騎士的物資已經太多！樹林裡都是您的同儕，雖然你們的服裝不同。他們這麼一大群人，您也知道，所有補給品全都靠我們提供！」

「樹林裡有騎士駐紮？他們穿怎樣的衣服？」

「白色斗篷，金色頭盔，頭盔兩側各有一隻白天鵝翅膀。」

「他們很虔誠嗎？」

「哦，要說虔誠的話確實很虔誠。他們絕不讓金錢玷汙雙手因為他們一毛錢也沒有，藉口倒是一籮筐，而我們只能服從！我們現在縮衣節食，因為沒糧食了。他們下次上門來，我們不知道能給什麼？」

托里斯蒙多急忙奔向樹林。

草地上一條溪流的平靜水面上，有一群天鵝緩緩游過。托里斯蒙多沿著溪邊走，尾隨在後。林間響起一段琶音，「叮鈴，叮鈴，叮鈴！」他繼續往前走，那樂音似乎忽而在前又忽而在後。「叮鈴，叮鈴，叮鈴！」枝葉稀疏處，有一個人影現身。那是一名戰士，頭盔上有白色翅膀裝飾，手上握著長矛和一個小豎琴，他不時撥弄琴弦彈出「叮鈴，叮鈴，叮鈴！」。戰士不發一語，眼神並未迴避托里斯蒙多，只是視線越過年輕人彷彿對他視若無睹，但又好像在用琴音陪伴他。當樹幹和灌木叢將他們二人隔開，戰士便用一段琶音「叮鈴，叮鈴，叮鈴！」召喚他返回正確方向。托里斯蒙多想對他說話，想問他問題，最後只靦腆地默默跟隨他。

他們來到一處林中空地。空地上四散著手握長矛的戰士，他們身穿金色盔甲，披著白色長斗篷，動也不動，每個人都凝望著不同方向，眼神空洞。其中一個一邊丟玉米粒餵天鵝，一邊看著他方。

聽到先前那名騎士再次撥動琴弦，坐在馬背上的另一名騎士揚起號角吹出綿長樂音。恢復寂靜後，所有戰士動了起來，每個人各自向前走了幾步，然後再度停止不動。

「各位騎士……」托里斯蒙多鼓起勇氣開口道。「恕我打擾，可能是我誤會，但你們應該是聖杯騎……」

「不要說出那個名字！」身後有人出聲打斷他。一名頭髮花白的騎士正好站在他旁邊。「你跑來打擾了我們靜修還不夠嗎？」

「噢，請原諒我！」年輕人回答道。「我很高興見到你們！你們不知道我找你們找了多久！」

「為何要找我們？」

「因為……」托里斯蒙多雖然擔心自己犯下褻瀆罪，但更想要揭開自己身世的祕密。「……因為我是你們的兒子！」

這位年邁騎士不為所動。「這裡不存在任何父子關係……」他沉默片刻後說。「所有人進入騎士團後便斷絕了俗世的親屬關係。」

托里斯蒙多失望的感覺大過於被拋棄的感覺。他原本以為自己會被那些發下守貞誓願的父親拒絕承認，那麼他就能以血親為理由舉證反駁。可是他得到如此平靜的回應，並未否認可能的事實，只是排除了討論原則性問題的空間，讓他感到很沮喪。

「我最大的願望是能被承認為貴騎士團之子，」托里斯蒙多不放棄。「因為我對貴騎士團充滿無限景仰！」

「既然你景仰我們騎士團，」年邁騎士說。「你應該希望的是加入我們騎士團。」

「您的意思是，我可以加入騎士團？」托里斯蒙多驚呼，立刻被這個新願景所吸引。

「只要你符合資格。」

「我該怎麼做？」

「逐漸淨化七情六慾，只懷抱對聖杯的憧憬。」

「您怎麼把那個名字說出來了？」

「我們騎士可以，你們世俗之人不行。」

「請問，為何大家都閉口不言，唯獨您可以開口說話？」

「我負責與世俗之人打交道。由於言語並不純粹，我們騎士寧可保持靜默，最多只為聖杯代言。」

「請問，我應該做什麼當作起頭？」

「你看到那片楓葉嗎？上頭有一滴露珠。你試著停下腳步，靜止不動，盯著葉子上那滴露珠看，與它合而為一，融入其中忘記世間萬物，到你覺得自己消失，被聖杯的無窮力量充滿為止。」

然後老者不再理會他。托里斯蒙多盯著那滴露珠，看著，看著，他想起自己的事，看見一隻蜘蛛落在楓葉上，他看著蜘蛛，看著蜘蛛，再回頭看露珠，動一動發麻的那隻腳。哎，好無聊。周圍那些騎士在樹林裡忽隱忽現，他們腳步遲緩，張著嘴巴，瞪大眼睛，偶爾伸手摸摸跟在身旁的天鵝柔軟的羽毛。其中一名騎士突然間張開雙臂往前跑了幾步，高聲感嘆。

「那邊那個，」托里斯蒙多忍不住向再次出現在他身旁的老者發問。「他怎麼了？」

「神魂超拔，」老者說。「你永遠無法體會那個境界，如果你這麼好奇又容易分心的話。那位弟兄終於達到與萬物徹底共融的狀態。」

「那麼其他人呢？」托里斯蒙多繼續問。有幾名騎士好像被人搔癢，走起路來扭腰擺臀，一臉煩躁表情。

「他們還在過渡階段。在與太陽和星辰合一之前，新手會強烈感受到它們已經很靠近，特別是年輕人，這會產生某種效果。至於你面前這些弟兄，小溪流淌、枝葉婆娑、地底蘑菇生長，都會讓他們感受到某種令人愉悅的輕微搔癢感。」

「長時間下來，他們不會累嗎？」

「他們會漸漸晉升到更高境界，到那時候他們能感受到的除了周遭的騷動，還有偉大的天體生生不息，並慢慢擺脫感官體驗。」

「每個人都能做到？」

「只有少數人，我們之中能徹底做到的僅有一人，他是天選之人，聖杯之王。」

他們來到一處空地，許多騎士有華蓋遮蔽的看臺前操練武藝。華蓋下方有一個人，或者應該說看起來活像木乃伊的一個人，動也不動坐著，或蜷縮著，身上也穿著聖杯騎士的衣服，但樣式更為華麗。他睜著眼睛，瞪得很大，臉跟風乾的栗子一樣。

「他還活著嗎？」托里斯蒙多問。

「活著，只是他心中只有聖杯，已經不需要吃喝，不需要走動，沒有生理需求，幾乎連呼吸沒有。他看不見也聽不到，沒有人知道他在想什麼，但是他顯然在思索遙遠星球的運行路徑。」

「既然他看不見，為什麼大家要在他面前展現武藝？」

「這是聖杯騎士團的儀式之一。」

騎士們組對練劍。他們出劍隨興，眼神迷茫，步伐生硬無章法，彷彿無法預見自己下一個招式是什麼，卻從未出差錯。

「他們處於半夢半醒狀態，怎麼上戰場？」

「我們心中的聖杯會帶領我們出劍。對宇宙萬物的愛可以化為駭人狂怒促使我們溫柔地一劍刺穿敵人。我們騎士團之所以在戰場上所向披靡就是因為我們做戰時毫不費力也無須選擇，只要讓那股聖潔的怒氣透過我們的軀體釋放出來就夠了。」

「每次都成功嗎？」

「對，只要能夠完全拋開人類意志任憑聖杯力量牽引，無論多微不足道的舉動也會成功。」

「微不足道的舉動？包括您此刻行走？」

老者彷彿夢遊般向前走。「當然。不是我移動我的腳，我是被動為之。你試試看，我們就從這裡開始吧。」

托里斯蒙多嘗試後始終無法成功，再者，他不覺得有何樂趣可言。那是一片樹林，綠意盎然枝葉扶疏，鳥兒拍翅啾啾鳴叫，他想在林中奔跑，拋開一切，將獵物趕出巢穴，用他自身的力量、努力和勇氣對抗那個陰影、那個謎團、那個外在力量。結果，他卻不得不站在那裡搖搖晃晃彷彿身體不能自主。

「你要讓自己被支配，」老者訓誡他。「讓自己被萬物支配。」

「可是，說真的，」托里斯蒙多忍不住了。「我比較喜歡支配他人，而不是被支配。」

老者舉起雙臂交錯掩面，以便同時遮住眼睛和耳朵。「你還有很長的路要走，孩子。」

托里斯蒙多留在聖杯騎士團駐紮地，努力學習，模仿他的父親或弟兄（他不知道該如何稱呼他們），試著壓抑對他來說似乎太過於個人的每一次心靈悸動，試著懷抱對聖杯的無限憧憬融入群體，試著小心翼翼體會讓那些騎士進入神魂超拔境界的每一個無法訴諸於口的細微感受。然而日子一天天過去，他的淨化毫無進展。凡是騎士們喜愛的，他都感到厭惡，包括那些聲音、樂音和隨時隨地開始搖晃的狀態。特別是他們弟兄之間的親暱態度，衣服穿得奇奇怪怪，半裸著身體穿上盔甲戴上金色頭盔，露出白花花的肉，除了幾個比較年長，其他年輕騎士細皮嫩肉、易怒、善妒、衝動，對他越來越不友善。加上他們一切作為都是受聖杯驅使這個說法，導致這些騎士越來越不受禮教束縛，還自以為純潔無瑕。

托里斯蒙多想到他父親孕育他的時候很可能眼神空洞，對自己正在做什麼並無所謂因此轉頭就忘記，覺得難以忍受。

收取奉獻的那一天到來。樹林附近所有村莊應在約定的日子上繳給聖杯騎士一定數量的各式乳酪、籃子裝的胡蘿蔔、麻袋裝的大麥和小羔羊。

村民推派的代表站了出來：「我們想說，這一年，整個庫瓦爾迪亞的收成都很糟糕，就連我們的孩子也挨餓。不分貧富都面臨飢荒。慈悲的騎士大人，這次只能卑微地乞求你們原諒，我們無法奉獻。」

華蓋下的聖杯之王一如往常不出聲，也沒有動作。突然間，他慢慢鬆開原本交疊在腹部的雙手，朝天空高高舉起（他的指甲好長），嘴巴發出「咿……」的聲音。

聽到那個聲音，所有騎士舉起長矛對準那些可憐的庫瓦爾迪亞人。「救命啊！我們得保護自己！」庫瓦爾迪亞人高聲吶喊。「快回去拿斧頭和鐮刀！」隨即四散而去。

望著天空的聖杯騎士們，跟著號角聲和鼓聲，在夜色中出征庫瓦爾迪亞的村莊。手持乾草叉和柴刀當武器的村民從一排排啤酒花爬藤和籬笆後面跳出來，試圖阻撓騎士們前進。可惜他們難以對抗騎士手中無情的長矛。攻破零散防線後，騎士們騎著高大戰馬衝向村民用石頭、茅草和爛泥巴搭建的小屋，任由馬蹄踐踏搗毀，對婦女、幼兒和牛犢的哀鳴尖叫聲無動於衷。有些騎士則高舉火炬，點燃民居屋頂、乾草倉、馬廄和空蕩蕩的穀倉，直到所有村莊在一片淒厲喊叫聲中陷入火海。

跟著騎士團來此的托里斯蒙多目瞪口呆。「您告訴我，為什麼這麼做？」跟在老者後面的他對這位年邁騎士嘶吼，彷彿那是唯一願意聽他說話的人。「你們心中對世間萬物根本沒有愛！哎，小心，你差點撞倒那名老婦人！你們怎麼忍心傷害這些無助的人？快救火啊！火就要燒到那個搖籃了！你們到底在做什麼？」

「年輕人，你應服從聖杯指引！」老者譴責他。「做這些事的不是我們，是聖杯，是我們心中的聖杯，驅使我們這麼做！別再壓抑你對聖杯狂熱的愛！」

托里斯蒙多下馬，奔向一位母親，將跌落在地的男童重新送回她懷中。

「不！你們不能把我所有收成都拿走！那是我辛苦耕耘的結果！」老農夫大聲叫嚷。

托里斯蒙多站在老農夫這邊。「土匪，把袋子放下！」他撲向一名騎士，把被搶走的糧食搶回來。

「願上天賜福與你！快進來躲一躲！」幾個可憐傢伙不了解情況，還拿著乾草叉和菜刀躲在牆後待命協防。

「我們圍成半圓形，集體展開反攻！」托里斯蒙多振臂高呼，站在庫瓦爾迪亞村民組成的民兵前頭。

他把那些騎士趕出屋外，跟老者和另外兩個拿著火炬的騎士正面相遇。「他是叛徒，將他拿下！」

混戰開打。庫瓦爾迪亞的男人拿著烤肉用的鐵叉，婦女和小孩拿著石頭應戰。突然間號角響起。「撤退！」面對庫瓦爾迪亞人起義，騎士們已經從好幾處撤退，現在全員撤離村莊。

包圍托里斯蒙多跟民兵纏鬥的那一小隊人馬也開始往後退。「走吧，弟兄們！」老者呼喊。「讓聖杯引領我們！」

「聖杯勝利！」其他騎士一邊調轉馬頭一邊齊聲應和。

「萬歲！你救了我們！」村民簇擁在托里斯蒙多身邊。「你雖然是騎士，但你是好人！終於有一個心胸寬大的騎士了！請你留下來！需要什麼儘管說，我們都可以給你！」

「可是……我要什麼……我已經不知道了……」托里斯蒙多一時語塞。

「在這次起義之前，我們也什麼都不知道，甚至不知道自己是個人……現在才發現我們好像可以……想要……應該要做很多事……。儘管並不容易……」大家低頭為死去的家人哭泣。

「我不能留在這裡……我連自己是誰都不知道……再見了……」托里斯蒙多策馬離去。

「別走！」村民高聲呼喚，但托里斯蒙多已經遠離村莊，遠離聖杯騎士那座樹林，遠離庫瓦爾迪亞。

他繼續在不同國度間流浪。原本對榮耀和歡愉嗤之以鼻的他，一心視聖杯騎士團為典範。現在理想破滅，他的焦慮不安該何去何從？

托里斯蒙多或以林中野果充飢，或沿途向修道院討要豆子湯喝，或在岩岸邊撿拾海膽果腹。他在布列塔尼海灘一處洞穴尋找海膽時，發現了一位熟睡的女子。

促使他動身上山下海，走過一個又一個柔軟植被覆蓋、風低低吹拂而過、晴空萬里但不見太陽的地方的渴望，終於在看到那澎潤蒼白臉頰上又長又黑的睫毛低垂、柔軟豐腴的胴體、一手放在胸前、披散著長髮的女子的唇、臀、腳趾和吐息的時候，獲得了滿足。

他俯身看她的時候，索芙洛妮雅睜開了眼睛。「您不會傷害我吧？」她心平氣和。「您來這片荒蕪的礁石區尋找什麼？」

「我在尋找我從未擁有的一樣東西，直到此刻見到您才明白我缺少的究竟是什麼。您怎麼會在這處海岸？」

「我是修女，卻被迫與一名穆罕默德的信徒成婚，幸好我是他第三百六十五個妻子因此始終未能成禮，一名基督教戰士介入後將我帶來這裡，因為我們返航途中遭遇海難，我之前則是被凶殘海盜擄走才會被帶去那裡。」

「明白了。您一個人？」

「就我所知，我的恩人去皇家軍營有要事待辦。」

「我願以我的劍護您周全，只是擔心我見到您之後燃起的熱情恐怕會讓您覺得我踰越本分不得體。」

「噢，您無須多慮，您不知道，這種事我見過太多了。更何況，每次到了緊要關頭，我的恩人就會出現，而且總是同一個人。」

「他這次也會來嗎？」

「很難說。」

「請問芳名？」

「我在蘇丹後宮名叫阿茲拉，在修道院是帕爾米拉修女。」

「阿茲拉，我覺得好久以前我已經愛上你……為你痴狂……」

第十一章

查理曼大帝騎馬奔向布列塔尼海岸。「我們馬上就知道，馬上就知道，圭迪維尼家族的阿吉洛夫，您放心，如果您告訴我的是真的，如果這位女子跟十五年前的她一樣保有完璧之身，無須多言，您擁有騎士榮銜合情合理，那個年輕人是刻意讓我們誤解。為證實真偽，我讓一位專業的接生婆隨行，她才懂女人家的事，我們軍人對這種事，插不了手……」

那位小老太太坐在古杜魯的馬上，話都說不清楚：「沒錯，沒錯，陛下，小事一件，就算生雙胞胎也沒問題……」接生婆耳背，根本不清楚發生了什麼事。

兩名隨行軍官率先拿著火炬走進洞穴裡。他們慌慌張張返回：「陛下，那名貞女躺在一個年輕士兵的懷中。」

那對情人被帶到查理曼大帝面前。

「索芙洛妮雅！」阿吉洛夫氣急敗壞。

查理曼大帝讓年輕人抬起頭。「托里斯蒙多！」

托里斯蒙多質問索芙洛妮雅：「你是索芙洛妮雅？你是我母親！」

「索芙洛妮雅，你認識這個年輕人嗎？」查理曼大帝問她。

索芙洛妮雅臉色發白，低下頭，聲若游絲：「如果他是托里斯蒙多，那麼他是我撫養長大的。」

托里斯蒙多翻身上馬。「我犯下可恥的亂倫罪！我再也沒臉見人了！」他頭也不回，催馬奔入右側樹林。

阿吉洛夫也翻身上馬。「從今以後你們也不會再見到我！我名譽掃地聲名盡失！告辭！」然後奔入左側樹林。

所有人都感到錯愕不已。索芙洛妮雅雙手掩面。

這時右側傳來一陣馬蹄聲。托里斯蒙多從樹林裡疾馳折返。他大喊道：「不可能！她明明還是處女！我怎麼會沒想到？她原本是處女！所以她不可能是我母親！」

「麻煩您解釋一下。」查理曼大帝說。

「其實，托里斯蒙多不是我兒子，是我弟弟，是我同母異父的弟弟。」索芙洛妮雅說。「蘇格蘭皇后是我們的母親，國王是我父親，他有一年時間在外征戰，而她，據說是在與聖杯騎士團巧遇後生下了一個男孩。蘇格蘭國王返國之際，那個不忠的女人（我不得不如此評斷我們的母親）找理由叫我帶弟弟去散步，讓我們在樹林裡迷了路。她編了一套說詞欺騙返家的丈夫，她跟他說，當時十三歲的我逃家生下父不詳的孩子。我誤解孝道真諦，從未揭發我母親這個祕密，帶著年幼的弟弟在荒地間漂泊，相較於後來科諾瓦亞公爵強迫我隱居修道院的日子，我也覺得那段時光自由自在無憂無慮。今天早晨之前，三十三歲的我從未有過男人，沒想到我第一個男人，唉，居然是跟我弟弟亂倫……」

「我們冷靜一下來看這件事，」查理曼大帝語氣溫和。「雖然是亂倫，但是同母異父的姊弟關係，倒也不是那麼嚴重……」

「陛下，我們沒有亂倫！索芙洛妮雅，你放寬心！」托里斯蒙多神采飛揚大聲說。「在探究我的身世之謎時，我發現了一個原本打算守口如瓶一輩子的祕密：我以為是我母親的索芙洛妮雅，不是蘇格蘭皇后的女兒，而是國王跟皇室總管妻子出軌生的私生女。國王讓我現在才知道是我親生母親的那個女人，也就是皇后領養你，所以她只是你的養母。我現在明白她因為被國王強迫當你的母親心有不甘，巴不得早點擺脫你，索性將她任性妄為犯錯的後果，亦即我這個人，栽到你頭上。你是蘇格蘭國王和一名農婦的女兒，而我則是皇后跟聖杯騎士的孩子，我們沒有任何血緣關係，只有不久前發生的自由愛戀關係，我衷心希望你願與我接續前緣。」

「看來所有問題都迎刃而解了……」查理曼大帝拍了拍手。「我們得趕快找回阿吉洛夫騎士，向他保證他的名字和榮銜都不會有任何異動。」

「陛下，我去找他。」一名騎士連忙自告奮勇。他是郎巴鐸。

他進入樹林後，便高聲叫喊：「騎士大人！阿吉洛夫騎士！圭迪維尼家族的阿吉洛夫騎士！科本特拉茲和蘇拉的圭迪維尼及其他家族的阿吉洛夫．艾莫．貝特朗迪諾，瑟林匹亞．契特里歐雷與費茲騎士！問題都解決了！您快回來！」只有回音繚繞。

郎巴鐸深入每一條小徑在樹林裡搜尋，離開小徑後又找遍了各處懸崖和溪流，他高聲呼喚，豎起耳朵聽，一邊尋找記號或足跡。那裡出現馬蹄印。這裡的蹄印更深，像是有動物曾在此佇足停留。再往前蹄印便越來越淺，彷彿有人放開馬任其快跑離去。同一個位置還有另一排足跡，是鐵鞋踩踏留下的印記。郎巴鐸跟著往前走。

他來到一處空地，頓時屏住呼吸。在一棵橡樹下，綴有五彩斑斕冠飾的頭盔翻轉朝天，還有白色鎧甲、腿甲、臂甲和護手甲等所有阿吉洛夫盔甲的配件散落一地，有幾件被刻意堆疊成整齊的金字塔狀，其他則被丟在地上散亂無序。固定在劍柄上的紙條寫著：「謹將此盔甲贈與羅西尤內的郎巴鐸騎士」，下方寫了一半的潦草字跡可能是半途而廢的簽名。

「騎士大人！」郎巴鐸對著頭盔和鎧甲、對著橡樹、對著天空吶喊。「騎士大人！快回來穿上您的盔甲！您在軍隊的軍階和法蘭克王國的貴族頭銜都不容質疑！」他一邊試著組裝盔甲，讓它立起來，一邊放聲大喊：「騎士大人，從今以後，再也沒有人會否認您的存在！」他沒有得到任何回應。盔甲立不起來，頭盔滾落地上。「騎士大人，您光靠意志力堅持了那麼久時間，就跟您真的存在一樣做了那麼多事，為什麼要突然放棄？」郎巴鐸不知道該朝哪裡喊話，盔甲是空的，跟以前的空不一樣，現在那個名為阿吉洛夫騎士的東西沒了，像水珠滴落大海消散無影蹤。

郎巴鐸解開自己身上的盔甲，一一脫下，穿上那副白色甲冑，戴上阿吉洛夫的頭盔，手中緊握阿吉洛夫的長劍和盾牌，騎上馬背，就這樣出現在查理曼大帝和他的隨從面前。

「噢，阿吉洛夫，您回來了，沒事了吧？」

頭盔下傳出另一人的聲音。「我不是阿吉洛夫，陛下！」面甲打開後露出郎巴鐸的臉。「阿吉洛夫只留下這副白色盔甲和這張紙條，將盔甲的所有權交付給我。我現在只想盡快投身戰場！」

軍號吹響警訊。一支三桅帆船艦隊上的薩拉森異教徒軍隊在布列塔尼海岸登陸，法蘭克軍隊緊急整裝集結。「你的願望實現了。」查理曼大帝說。「現在好好表現，讓你身上的盔甲與有榮焉。雖然阿吉洛夫不大好相處，但他是個優秀軍人！」

法蘭克軍隊奮起抵禦入侵者，在薩拉森軍隊前線打開一個缺口，年輕的郎巴鐸率先往前衝。他廝殺、進攻、防守，收放自如。許多敵軍受傷倒地，郎巴鐸一個都不放過，用長矛讓他們一一送命。敵軍小隊開始撤退，撤往三桅帆船艦隊的停泊處。在法蘭克軍隊追擊下，戰敗者乘船逃跑，留下來的人用鮮血染紅了布列塔尼的灰色大地。

郎巴鐸不但打了勝仗而且毫髮無傷，但是那副盔甲，阿吉洛夫那套完美無瑕的雪白盔甲如今沾滿塵土，被敵人血跡噴濺，還有各種凹痕、刻痕、划痕和破損，盔冠上的羽飾剩下一半，頭盔變形，盾牌正中央的神祕紋章剝落。此刻年輕人才覺得這副盔甲屬於他，屬於羅西尤內的郎巴鐸騎士。剛穿上它的不自在已經消失，如今盔甲就跟他的手套一樣合身。

他獨自一人，在山上騎馬奔馳。山谷裡傳來高亢的呼喊聲：「喂，上面的，阿吉洛夫！」

一名騎士朝他奔來，盔甲外罩著淡紫色長袍。跟著他的原來是布拉妲曼特。「我終於找到你了，白騎士！」

「布拉妲曼特，我不是阿吉洛夫，我是郎巴鐸！」他本想立刻喊出來，但又覺得靠近一點再告訴她比較好，便調轉馬頭迎向前去。

「終於等到你來找我了，你這個難以捉摸的戰士！」布拉妲曼特感嘆道。「噢，我多想看到你跟在我身後，你是唯一一個從不隨波逐流、一時興起、恣意妄為的男人，和那些追著我跑的狗男人不同。」話一說完，她就轉身做出想要遠離他的樣子，又回頭看他是否上鉤緊跟在後。

郎巴鐸很想對她說：「你難道沒發現我現在跟別人一樣行動笨拙，我的渴望、不滿和不安隨著我的一舉一動表露無遺嗎？我想要的不過是成為知道自己想要什麼的人！」為了能把這番話告訴她，郎巴鐸驅馬追逐布拉妲曼特，而她笑著說：「我作夢都沒想到會有這一天！」

郎巴鐸跟丟了。那個遺世獨立的山谷雜草叢生，只見她的馬綁在一棵桑樹上。這個場景很像他跟蹤她、還沒發現她是女子的第一次相遇。郎巴鐸下馬，看見布拉妲曼特躺在地衣覆蓋的坡地上，已經脫去盔甲，只穿著一件黃色短衫。躺著的她張開雙臂迎接他，穿著白色盔甲的郎巴鐸走向她。這時候他應該對她說：「我不是阿吉洛夫，你愛上的盔甲如今多了肉體的重量，是我這個年輕敏捷的肉體。你難道看不出來這副盔甲不再像以前那樣白得很不正常，變成了上戰場穿的衣裳，要承受各種創傷，是一件耐操且有用的工具？」他原本應該把這段話說出口，結果卻站在那裡雙手發抖，遲疑再三才走向她。或許最好主動坦承，脫下盔甲，以郎巴鐸身分現身，例如現在，她閉著眼睛微笑，彷彿充滿期待。郎巴鐸迫不及待卸下身上的盔甲，此時此刻布拉妲曼特只要睜開眼睛就會認出他……但她卻伸出一隻手遮住臉，似乎不希望自己的視線干擾不存在騎士肉眼不可見地向她靠近。郎巴鐸撲了上去。

「噢，我就知道！」布拉妲曼特閉著眼睛開心道。「我就知道沒有什麼是不可能的！」她摟住他，兩個人都熱情高漲，交纏在一起。「噢，來，再來，我就知道！」

待這件事完成，便到了直視對方的時候。

「等她看到我，」郎巴鐸志得意滿又充滿希望，腦中閃過這個念頭。「等她看到我就會明白，她會明白這樣才是對的，是美好的，她會愛我此生不渝！」

布拉妲曼特睜開眼睛：「怎麼是你！」

她推開郎巴鐸，爬坐起來。

「怎麼是你！怎麼是你！」她大吼，滿腔怒火，淚水簌簌掉下來。「怎麼是你！你這個騙子！」

她站起來，拔劍出鞘，舉高指向郎巴鐸，發動攻擊，但只是用劍背敲擊他的頭。郎巴鐸目瞪口呆，手無寸鐵的他連忙高舉雙手，不知道是為了防衛還是為了擁抱。他好不容易擠出的一句話是：「你，你，剛才的體驗不是很棒嗎……？」隨即失去意識，只隱約聽到她騎馬離去的噠噠馬蹄聲。

如果說墜入愛河但不知親吻滋味的人很悲哀，那麼初嘗親吻滋味就被愛情拒於門外的人更悲哀。郎巴鐸繼續他驍勇善戰的軍旅生涯。哪裡戰事激烈，他的長矛就在那裡。如果在刀光劍影中瞥見一抹淡紫色身影，他會一邊飛奔過去一邊大喊：「布拉妲曼特！」可惜總是落空。

他唯一願意傾訴的對象，已不復存在。有時候他在軍營走動，看到鎧甲倚著左右側襠站立的樣子，或肘甲突然舉高，都會愣住，想起阿吉洛夫。有沒有可能阿吉洛夫騎士沒有消散，而是換了一副盔甲呢？於是郎巴鐸上前詢問：「同袍，我無意冒犯，但我想請你揭開一下面甲。」

他每次都希望自己會看到一個空殼，只可惜面甲後面永遠有一個鼻子和兩撇捲翹的鬍子。「請原諒我。」他低聲說完就走開。

還有另一人也在尋找阿吉洛夫。那個人是古杜魯。每當他看見一個空鍋子、一個煙囪或一個浴盆的時候，就會停下腳步大聲說：「主人，請吩咐，主人！」

他坐在路邊的草地上，對著一個大肚酒壺口滔滔不絕說個沒完，有人打斷他：「古杜魯，你在酒壺裡面找什麼東西？」

說話的是托里斯蒙多，在查理曼大帝見證下，他跟索芙洛妮雅舉行了盛大婚禮，他帶著新娘和陣容龐大的隨從準備前往庫瓦爾迪亞，他被封為庫瓦爾迪亞伯爵。

「我找我的主人。」古杜魯說。

「在酒壺裡找？」

「反正我的主人不存在，他既然可以不存在於盔甲裡，也可以不存在於酒壺裡。」

「可是你的主人已經消散在空氣中！」

「那麼說來，我是空氣的侍從嘍？」

「你若跟我走，可以當我的侍從。」

他們來到庫瓦爾迪亞，已經認不出原先的鄉村風貌。村莊被城鎮取代，到處都是石頭砌的樓房，還有磨坊和運河。

「我回來了，各位鄉親，我會留在這裡與你們一起……」

「萬歲！太棒了！托里斯蒙多萬歲！新娘萬歲！」

「你們先別急著高興，我接下來要告訴你們的才是大消息：查理曼大帝，你們臣服的皇帝，封我為庫瓦爾迪亞伯爵！」

「噢……可是……查理曼大帝……？其實……」

「你們聽到沒有？你們現在有伯爵了！我會保護你們不再受聖杯騎士的欺凌！」

「哎，我們早就把那些傢伙趕出庫瓦爾迪亞了！您看，我們這麼多年來都乖乖服從……但是現在我們發現我們不需要騎士也不需要伯爵就可以活得很好……。我們耕種土地，開設工匠工坊和磨坊，試著執行自己訂定的法律，捍衛我們的領土邊界，總之日子過得去，沒什麼好抱怨的。您是好心腸的年輕人，我們沒有忘記您為我們做的一切……如果您想留下來沒問題……但是要平起平坐……」

「平起平坐？你們不要我當你們的伯爵？但這是陛下的命令，你們懂嗎？你們不可能拒絕！」

「每次都說不可能……之前也說趕走聖杯騎士不可能……結果我們只用柴刀和乾草叉就辦到了……我們不想傷害任何人，少爺，尤其不想傷害您……。您是有為青年，您懂很多我們不懂的事情……如果您留下來跟我們平等以對不要高高在上，說不定你還是會變成我們的領頭人……」

「托里斯蒙多，我實在受夠這些紛爭了，」索芙洛妮雅揭開面紗。「這些人看起來既明理也彬彬有禮，我覺得這座城鎮比其他許多城鎮更宜人，設施也更完善……我們何不試著跟他們達成協議呢？」

「那我們的隨從呢？」

「他們可以成為庫瓦爾迪亞的公民，」當地居民回答道。「擁有他們應得的權利和義務。」

「我難道也要跟古杜魯這個侍從平起平坐嗎？他連自己存在或不存在都搞不清楚。」

「他也可以慢慢學習……我們之前也不知道原來自己存在在這個世界上……存在這件事是需要學習的……」

第十二章

書啊，如今你來到了尾聲。我最近振筆疾書不眠不休。從這一行到另一行我橫跨了不同國度、海洋和陸地。是什麼讓我如此心神不寧、焦躁不耐？有人或許會說是因為我有所期待。可是修女隱居就是為了遠離五光十色的世界，我們有什麼可以期待？除了寫出新的篇章和修道院的如常鐘聲外，我能期待什麼？

突聞馬蹄聲從那陡峻小路傳來，停在修道院大門外。騎士敲門。從我的窄窗看不見人，但我能聽到他的聲音。「喂，好心的修女，請聽我說！」是那個人的聲音，還是我聽錯了？是，就是他！那是郎巴鐸的聲音，時時在我寫下的書頁中迴盪不去。他來這裡做這麼？

「喂，好心的修女，拜託你們大發慈悲告訴我，是否有一位名聞遐邇的女戰士布拉妲曼特隱居在此？」

也對，郎巴鐸走遍全世界尋找布拉妲曼特，遲早會找到這裡來。

我聽到守門的修女回答：「沒有，這裡沒有女戰士，只有虔誠的可憐女子為您祈禱贖罪！」

我連忙跑到窗邊放聲大喊：「有，郎巴鐸，我在這裡，等等我，我就知道你會來，我馬上下來，跟你一起走！」

我迅速脫下包頭巾、肩衣和長袍，從箱子裡拿出我的黃色短衫、鎧甲、腿甲、頭盔、馬刺和淡紫色長袍。「郎巴鐸，等我，我來了，我是布拉妲曼特！」

書啊，沒錯，寫下這個故事的泰歐德拉修女和女戰士布拉妲曼特是同一個人。我曾經在決鬥和愛情的戰場上馳騁，也曾經把自己關在修道院裡，一邊沉思一邊寫下發生在我身上的故事，試圖理解它。當我來此把自己關起來的時候，我瘋狂愛著阿吉洛夫，如今我的心為年輕熱情的郎巴鐸燃燒。

所以我的筆寫到一半開始加速。加速是為了與郎巴鐸相遇。我的筆知道他不會讓我等太久。書頁的優點往往在你把它翻過去時才能顯現，被翻頁的人生從後往前推，打亂整本書的順序。促使筆在紙張上奔跑的樂趣和促使你在街上奔跑的樂趣相同。你開始書寫但還不知道要寫哪個故事的那個章節就像你離開修道院後轉過的那個街角，你不知道你會面對的是一條龍、一群野蠻人、一座夢幻島，還是一段新戀情。

我朝郎巴鐸飛奔而去，甚至來不及向修道院院長道別。大家都認識我，知道我在歷經征戰、擁抱和欺騙後總是會回到這個修道院。但是此刻不一樣……不一樣……。

我說完了過去的故事，現在的故事在某些激動時刻牽起了我的手，緊接而來的，是未來，我坐上了未來這匹馬的馬背。尚未建造的城會在高塔旗桿上升起哪些新旌旗迎接我？哪些我鍾愛的城堡和花園會付之一炬？未來啊，難以掌控的你，準備了哪些難以預料的黃金時代，要得到你這塊瑰寶必須先付出昂貴代價，你是我欲征服的王國……。

（一九五九年）

跋[5]

保羅・米拉諾[6]

卡爾維諾在《分成兩半的子爵》（一九五二）和《樹上的男爵》（一九五七）之後，以《不存在的騎士》為他的奇幻小說系列添加了最後一個環節，這是三部曲的最終曲，也可以說是總結之作。未來他應該不大可能再嘗試類似的文學冒險之旅，因為這個「不存在的騎士」，這個極其獨特的「孩子」，不僅僅轉瞬即逝，而且沒有實體，卡爾維諾筆下這位古代英雄的生命結束於自然死亡。科本特拉茲和蘇拉的圭迪維尼及其他家族的阿吉洛夫・艾莫・貝特朗迪諾，瑟林匹亞・契特里歐雷與費茲騎士，是跟隨查理曼大帝與異教徒軍隊作戰的法蘭克王國聖騎士，在故事進入尾聲，他消失不見之前，事實上只是一個抽象的意志力，封存在一副雪白盔甲中。那個有頸甲的頭盔內是空的，在裡面發聲的是一名無可挑剔、作風嚴謹的戰士。在諸多卡爾維諾創造的反諷人物中，阿吉洛夫這個角色最細膩，也最具啟發性。

「『為何不打開面甲露出你的臉？』」查理曼大帝問這位精神體聖騎士。「頭盔內傳出清晰的聲音說：『因為我不存在，陛下。』……『啊！真是罕見！』查理曼大帝說。『既然你不存在，如何為軍隊效力？』『我的力量來自意志力，』阿吉洛夫回答道。『以及對我們神聖使命的信念！』」阿吉洛夫永遠全副武裝，無論是作戰或巡邏，無論是與同袍一起用餐，或是與貴婦同床共枕。他是沒有肉身的知識分子，他可以一絲不茍地執行軍人職責，無懈可擊地模仿生活中各種行為動作，隨時隨地製造出肉眼可見的假象。阿吉洛夫是功能，沒有生命體；他是建築立面，背後沒有應該要有的屋子。舉例來說，我們這位騎士不覺睏倦，也沒有睡意，但所有生物恢復精神都需要睡眠；另一方面，他在色誘他的城堡女主人臥房度過一晚，但始終停留在優雅但空泛的前奏曲階段：「他們聯手把床單一層層揭開，一邊發現一邊抱怨那些小小的突起和皺褶，哪裡拉得太緊或太鬆，這個尋找過程有時候是一種惱人的折磨，有時候則像是在空中徜徉越飛越高。」

跟堂吉軻德一樣，阿吉洛夫身邊也有一個桑丘．潘薩，跟主角形成對比的這個主要配角刻畫入微，是侍從古杜魯，他跟主人完全相反，「存在卻不知道自己存在」：古杜魯是介在有意識和無意識之間的人物，因為生活中缺乏即時判斷能力，導致他跟所見所觸碰的一切產生代入感。因此他遇到一群鴨就變成鴨，跟著呱呱叫並舉起扁平腳丫。之後他把頭塞進湯碗裡，有人提醒他是他要喝湯，不是湯要喝他，也沒有用。他會訓斥自己的腳，彷彿那隻腳不屬於他。還有一次，他為屍體挖好墓穴後，自己到裡面躺好，等待屍體鏟土往他身上蓋。「存在這件事是需要學習的」，而古杜魯還沒有學會。

圍繞在上述主、配角身邊的諸多其他角色中，有來自羅西尤內的郎巴鐸，這位青年戰士到查理曼大帝的軍營報到後發現，「一切都跟他以為的大相逕庭」，他努力讓自己的滿腔熱血跟阿吉洛夫的虛幻世界，以及每個細節都會影響戰事的官僚世界之間達到和諧。有布拉妲曼特，這位常見於騎士文學中的女戰士，瘋狂地愛上了不需要睡眠的阿吉洛夫（「她對所有已經存在的男人都不感興趣」），一位軍中同袍說她「唯一渴望的就只能是那個根本不存在的男人」，但最後她被仁慈的命運推向愛著她的郎巴鐸的懷抱中。還有原本尖酸刻薄、後來變得通情達理的托里斯蒙多。個性恬靜的索芙洛妮雅屢受覬覦的處子之身一次又一次獲得保全；至於荒謬怪誕的聖杯兄弟會是一個獨來獨往的騎士團，會做出幼稚的祕傳儀式（「披著白色長斗篷，動也不動，每個人都凝望著不同方向，眼神空洞」），卻又毫不猶豫拿起武器要脅村民奉獻物資。

關於兩位主角生動的反諷形象，我已經說過。故事一開始設定的歡樂調性確立之後，後續發展其實令人失望：阿吉洛夫和古杜魯始終自成一個世界（一個如幽靈般孤獨，另一個則跟世界夾纏不清），故事原本應該圍繞著他們交錯進行，但偏偏他們身邊幾乎什麼事都沒發生。當他們在故事中缺席的時候，波折反而接踵而來。卡爾維諾樂於以懷疑論者的高超手法將那些波折連在一起，彷彿是對讀者說：「你們去跟其他人玩吧，至於那兩個傢伙，我只知道一件事：他們就是那個德性。」

「一個封閉在盔甲裡不見其人的戰士，跟我們眼前川流車陣中關在汽車裡不見其人的駕駛有何不同？」這段話聽起來像是問句，寫在書的封面折口裡。我們本應該毫無異議欣然同意，但我們心有疑慮。對我們而言，這位「不存在的騎士」看起來不像高級官員，也不像企業大亨，他讓我們聯想到某些**積極參與**、一心想扮演好公民或政治角色的作家，行動越積極，內心越不贊同。阿吉洛夫代表的並非序言所說，是大眾文化中童話般的樣板人物（「功能、屬性和預設行為模式……凌駕於人之上」），他更像是我們這個時代「進步」的知識分子，把心中想法隱藏在盔甲中，就像那句名言所說，隨時準備好「在失去眼前目標的時候更加倍努力」。「戰爭會持續打到世界末日，沒有贏家也沒有輸家，」故事中托里斯蒙多如是說。「我們會永遠站在彼此的對立面，少了任何一方就什麼都不是，無論我們或敵軍都已經忘記為何而戰。」

所以《不存在的騎士》或許實際上是關於一個前共產黨員知識分子逐漸康復的寓言故事，這一點恐怕並非作者本意。他對過去的病情比對未來的健康情況有更清楚的認知，這是常理。所以對於他自己和許多人的故事，從他暫時的停泊處出發，卡爾維諾只能寫出，也確實寫出了一個「不存在」的故事，為絕佳開頭續了一條很長的尾巴，當作「娛樂」。事實上，為了構思阿吉洛夫和他的侍從之間的一連串對照，以及他們與那些「學會存在」的人的世界之間的衝突，卡爾維諾應該已經發現一個有思考能力的人，在我們這個社會，透過哪些方式可以讓自己擺脫奴役狀態，有意識地去做他自己不相信的事，換言之，永遠不覺得自己所作所為可以代表自己。多年前，一位道德家寫道：「我們的人生一點都不像我們的人生」。該如何擺脫這個困境呢？我不知道答案，也不知道是否有人知道答案，我只能安慰自己，並用卡爾維諾的小說自娛，他在書中用引人入勝的浪漫寓言來描述疾病。雖然看完前面幾章後，劇情有所轉變，但是閱讀的樂趣不減。故事尾聲，也確實暗示了某種解決方案：郎巴鐸相信愛情是靈丹妙藥，托里斯蒙多則接受了民主的生活。但是這樣夠嗎？真正的主角，阿吉洛夫，早就逃跑了，他躲進樹林裡，為他想像中的罪行贖罪。作者不知道，或隱瞞不讓我們知道，在他長期不存在之後，最終的解體會是如何，或最終會體現怎樣的人生。

---

5 （原注）原標題為〈沒有信仰的十字軍〉（*Il crociato senza fede*），刊登於《快訊》週刊（*L'Espresso*），一九六〇年一月十日第二期。之後收錄在《專業讀者：前期與後期的卡爾維諾》（*Il lettore di professione : Il vecchio e il nuovo Calvino,* 2），菲特里內利出版社（Feltrinelli），米蘭，一九六〇年，頁二六〇—二六三。

6 （譯注）保羅・米拉諾（Paolo Milano），義大利文學評論家。

大師名作坊 932

不存在的騎士

作　者—伊塔羅．卡爾維諾
譯　者—倪安宇
編　輯—張瑋庭
美術設計—廖韡
內頁排版—芯澤有限公司

總編輯—嘉世強
發行人—趙政岷
出版者—時報文化出版企業股份有限公司
108019臺北市和平西路三段二四〇號三樓
發行專線—（〇二）二三〇六—六八四二
讀者服務專線—〇八〇〇—二三一—七〇五
（〇二）二三〇四—七一〇三
讀者服務傳真—（〇二）二三〇四—六八五八
郵撥—一九三四四七二四時報文化出版公司
信箱—10899臺北華江橋郵局第九九信箱

時報悅讀網—http://www.readingtimes.com.tw
電子郵件信箱—liter@readingtimes.com.tw
法律顧問—理律法律事務所　陳長文律師、李念祖律師
印　刷—紘億印刷有限公司
二版一刷—二〇二五年一月十七日
定　價—新臺幣三六〇元
（缺頁或破損的書，請寄回更換）

時報文化出版公司成立於一九七五年，
並於一九九九年股票上櫃公開發行，於二〇〇八年脫離中時集團非屬旺中，
以「尊重智慧與創意的文化事業」為信念。

不存在的騎士 / 伊塔羅．卡爾維諾(Italo Calvino)著 ; 倪安宇譯 . – 二版 . – 臺北市 : 時報文化, 2025.1
面; 公分 . – (大師名作坊;932)
譯自：Il cavaliere inesistente
ISBN 978-626-419-153-1(平裝)

877.57　　113019843

ISBN 978-626-419-153-1
Printed in Taiwan